Harry Mazer

Marcus Rosenbloom und die Liebe

D1858829

Harry Mazer wurde in New York geboren. Nach seiner Lehrerausbildung wurde er freier Schriftsteller. Zusammen mit seiner Frau, Norma Fox Mazer, die ebenfalls Jugendbücher schreibt, lebt er in Jamesville bei Syracuse im Staat New York. Weitere Titel des Autors, die in deutscher Übersetzung vorliegen: ›Cleos Insel‹, ›Wenn Kevin bleibt‹ (dtv pocket 78012), ›Jeff Orloff – Regisseur und Babysitter‹ und ›Das Mädchen seiner Träume‹.

Harry Mazer

Marcus Rosenbloom und die Liebe

Deutscher
Taschenbuch
Verlag

dtv

Aus dem Amerikanischen von Sigrid-Angelika Eisold

Titel der Originalausgabe: ›I Love You, Stupid!‹, erstmals erschienen bei Thomas Y. Crowell, New York

Ungekürzte Ausgabe
Juli 1991
Deutscher Taschenbuch Verlag GmbH & Co. KG, München
© 1981 Harry Mazer
© der deutschsprachigen Ausgabe: 1983 anrich Verlag GmbH, 4178 Kevelaer
ISBN 3-920110-83-8
Umschlaggestaltung: Celestino Piatti
Umschlagbild: Bernhard Förth
Gesetzt aus der Garamond 10/12'
Gesamtherstellung: Ebner Ulm
Printed in Germany · ISBN 3-423-78017-7

»An jedem Tag in meinem Leben
denke ich daran, gleich wieder ins Bett zu gehen.
An jedem Tag in meinem Leben
denke ich darüber nach, was ich mit meinem Leben anfangen werde.
An jedem Tag in meinem Leben
denke ich an Mädchen.«

Aus Marcus Rosenblooms
Notizbuch

1

Als Marcus die Schulcafeteria betrat, stellte er sich einen Augenblick lang vor, alle Mädchen würden zu ihm hinsehen. Er blieb kurz oben auf den Stufen stehen, groß, über 1,90, der dunkle, lockige Haarschopf machte ihn noch größer; er beobachtete – und wurde beobachtet (hoffte er jedenfalls). *»Wer ist denn dieser tolle Typ da drüben?« »Schau mal, wer gerade reingekommen ist . . . Ist er nicht klasse?« »Oh, Wahnsinn, es ist Marcus Rosenbloom. Er ist ein Schriftsteller, weißt du, erst siebzehn und so begabt . . . Toll!«*

Er trat zur Seite, um zwei Mädchen vorbeizulassen, wobei er ihnen einen sehnsüchtigen Blick zuwarf. Beide trugen enge Jeans und Pullis und hatten lange, locker fallende Haare. Eine der beiden warf ihm ein vielsagendes Lächeln zu.

Er folgte ihr mit den Augen. Sie war vollkommen. Die Art, wie sie sich bewegte, gefiel ihm. Er schluckte. Warum hatte er nicht zurückgelächelt? Sie wären sich auch ohne viele Worte nähergekommen . . . ihr warmer, interessierter Blick . . . sein verstehendes, freundliches Lächeln . . . er hätte mit dem Kopf genickt . . . sie auch. Noch ein paar Schritte, und es hätte begonnen. Endlich. Gerettet. Erlöst. Sein Leben gerechtfertigt. Sex!

Siebzehn, fast ein Mann. – Seit Jahren war er soweit, und doch hatte er noch nie mit einem Mädchen geschlafen. Was stimmte nicht mit ihm? Er liebte Mädchen. Er mußte immerzu an sie denken, sie beobachten, mochte sie, begehrte sie. Zwölfjährige Jungen taten es. Was stimmte nicht mit ihm?

Eine Mauer trennte die Welt in zwei Teile, und es war

nicht die Chinesische Mauer oder der Eiserne Vorhang, auch nicht die Klagemauer in Jerusalem, obwohl er manchmal dachte, mit der hätte sie wohl die meiste Ähnlichkeit. Die Mauer, die er meinte, trennte die Kindheit vom Erwachsensein. Es war der erste Sex und Sex danach. Es war eine Mauer, von der man nicht einmal wußte, daß sie existierte, wenn man klein war. Aber wenn man sie einmal entdeckt hatte, wollte man mehr und mehr darüber wissen. Er wußte, es gab wichtigere Dinge im Leben als Sex, aber gerade jetzt hätte er nicht sagen können, welche.

Er lehnte am Geländer und sah sich in der Cafeteria um, leicht lächelnd, als ob er jemanden gesehen hätte, oder als ob ihm etwas Interessantes eingefallen sei. Er zog sein Notizbuch aus der Hosentasche. »Voll von Rauch, heiß und lärmend.« Traf das die Atmosphäre hier? Vielleicht war »die hungrigen Münder von Sherwood High« besser? Er schrieb beides nieder. Der Schriftsteller bei der Arbeit, zu beschäftigt für Sex.

Ein Mädchen, das alleine an einem Tisch ganz in der Nähe saß, blickte ihn an. War es Sympathie, was er auf ihrem Gesicht sah? Er suchte nach Alec. Sein Freund liebte es, in der Schule zu Mittag zu essen. Vielleicht lag hier der Schlüssel zu Alecs Erfolg bei Mädchen? Marcus aß nie in der Schule, und er hatte nur Mißerfolge. Konnte das irgendwie mit den panierten Fischburgern zusammenhängen? Machte es die Mädchen verrückt, wenn der Atem eines Jungen nach gerösteten Maisfladen roch? Vielleicht war es auch etwas, worauf man nie käme, wie z. B. die wäßrigen grünen Bohnen. Wer wußte schon, worauf Mädchen standen. Er vergab wahrscheinlich seine ganzen Chancen, wenn er nicht regelmäßig die dünne Suppe hier aß.

In Gedanken sah er plötzlich seine Todesanzeige vor sich:

ÜBERRASCHENDER TOD EINES
VIELVERSPRECHENDEN JUNGEN AUTORS

Nach seinem Tod würde man ihn entdecken. Einige seiner kurzen, aber ausgezeichneten Arbeiten würden veröffentlicht. Und zu seiner Beerdigung kämen fünfhundert weinende Mädchen in weißen Gewändern, um rote Rosen auf seinen Sarg fallen zu lassen. Das Mädchen schaute immer noch zu ihm her. Er schielte hinüber. Irgendwie kam sie ihm bekannt vor, die Art, wie ihr Haar vom Kopf abstand, fast wie ein Heiligenschein. Vor ihr lag ein aufgeschlagenes Buch. Ein Mädchen, das lesend ganz allein an einem Tisch saß, umgeben von lärmenden Barbaren – dazu brauchte es schon Mut.

Marcus wurde neugierig. Wer war sie? Kannte er sie? Eigentlich sollte er sie kennen. Ein neues Mädchen an der Schule, sie saß alleine da, versteckte sich hinter einem Buch: Eine bekannte, wenn nicht sogar klassische Situation. Und hier war er, der nachdenkliche, interessierte Literat. Er blickte zu ihr hin, versuchte, den Titel ihres Buches zu erkennen. Sie las und löffelte, ohne aufzusehen, Zitronengelee aus einer Schüssel. Gerade kam wieder ein Löffel. In einer Sekunde würde sie das Gelee in ihrer Nase haben, aber im letzten Moment fand der Löffel den Weg in ihren Mund. Marcus bewunderte ihre Geschicklichkeit. Bravo!

Das Mädchen blickte auf. »Marcus?«

»Wendy?« sagte er im gleichen Moment. Es konnte nicht sein! Wendy Barrett. Was für ein wahnsinniger Zufall. Er hatte Wendy sein ganzes Leben lang gekannt. Ihre Mütter waren eng befreundet gewesen. Wendy und er hatten zusammen gespielt, als sie klein waren. Es gab ein Foto von ihnen beiden, wie sie händchenhaltend und in Unterhosen mitten in einem Feld von Butterblumen standen. Dann waren Wendy und ihre Mutter vor ein paar Jahren weggezogen, und seitdem hatte er sie nicht mehr gesehen. »Wendy?« sagte er noch einmal. Sie war größer, hatte Schultern bekommen und Brüste und sah ziemlich erwachsen aus in ihren Jeans.

»Marcus?« sagte sie. »Marcus, bist du das, Marcus Rosenbloom?« Sie stand auf und fiel ihm um den Hals. Es war ein richtiges Melodrama. Ihre Augen funkelten; ein Stückchen Gelee zitterte auf ihren Lippen. Der Gong ertönte, und sie gingen zusammen durch die Cafeteria hinüber zu den Unterrichtsräumen. Sie strahlte ihn an und drückte ganz fest seine Hand.

»Was tust du denn hier?« fragte er.

»Ich geh hier in Sherwood zur Schule.«

»Ich dachte, du bist in Buffalo.«

»Da war ich auch. Aber vor ungefähr einer Woche bin ich von dort weg. Jetzt lebe ich hier bei meiner Tante Ginny und Onkel George.«

Nach diesem ersten Wiedererkennen entstand langsam ein verschwommenes Bild von Wendy vor seinen Augen. Die Erinnerung an die Wendy, die er kannte, schob sich langsam über diese neue, reifere Wendy. Die Stimme war unverändert, auch das Haar, und auch das Gesicht, aber irgendwie war sie anders. Er erinnerte sich an Wendy, aber wer war diese Wendy? Die alte Wendy war immer ein bißchen verrückt gewesen, immer ein wenig seltsam angezogen, und sie hatte Sachen gesagt, die sonst niemand sagte. Wie war sie wohl jetzt? Sie trug das ägyptische Symbol für Leben, ein Kreuz mit einem Kreis obendrauf, an einem silbernen Kettchen um den Hals.

»Das letzte Mal, als ich dich gesehen habe, hast du den halben Wald an einem Strick um deinen Hals hängen gehabt«, sagte er.

»Das glaub ich gern«, sagte Wendy lachend. »Weißt du, Marcus, daß ich dich überall erkannt hätte? Hast du gesehen, wie ich dich in der Cafeteria angesehen habe? Ich war mir nicht ganz sicher, aber diese blauen Augen, Marcus, und dein Mund –«, sie lachte wieder. »Wer hätte das sonst sein können?«

Marcus brachte Wendy zu ihrer Klasse, und sie verabredeten sich für nach der Schule.

Er war etwas spät dran, für den Wahlkurs bei Mr. Sweeny in ›Freies Schreiben‹. Es war eine kleine Klasse, nur zwölf ausgewählte Schüler. Der Kurs fand in einem der Konferenzzimmer statt und wurde so ähnlich wie ein Kurs am College abgehalten. Sie konnten rauchen, wenn sie wollten, oder aufstehen und herumlaufen. Sie wurden überhaupt wie Erwachsene behandelt. Es war zwar ziemlich viel Angabe dabei, aber Marcus gefiel es. Er kramte in seinen Taschen nach seinem Nagelknipser, dann machte er es sich neben Bev Kruger bequem und begann, an seinen Nägeln herumzuschnipseln.

»Muß das sein?« Bev sah ihn gequält an. Bev war rundlich und hatte Sommersprossen. Außerdem hatte sie rauchige grüne Augen, die schmal wie bei einer Katze wurden, wenn sie ihn ansah.

»Schuldigung.« Das war der übliche Verlauf ihrer Konversation. Bev beschwerte sich, und er entschuldigte sich. Sie gehörte zu dem Dutzend Mädchen, die er gerne näher kennengelernt hätte ... viel näher ... hautnah ... Diese runden Arme. Sie war wie eine reife, saftige Florida Orange, wie Schlagsahne mit Schokoladentupfern. Er konnte ihre Sommersprossen durch die Bluse sehen.

Hatte sie überall Sommersprossen? Würde sie ihre Bluse weiter aufknöpfen und es ihm zeigen, wenn er sich getraute, sie zu fragen? Bei diesem Gedanken wurde ihm ganz heiß.

»Um was geht's denn?« fragte er und spielte den Clown. »Was hat Sweeny gesagt? Hab ich was verpaßt? Was sollen wir tun? Sag mal, hast du vielleicht noch ein Blatt für mich übrig?« Er redete pausenlos. Er hätte Bev gerne näher kennengelernt, aber sie war immer ungehalten mit ihm. Sogar als sie ihm ein Blatt Papier gab, hatte er das Gefühl, er hätte etwas falsch gemacht – er hätte sich zu nahe hingesetzt, sei ihr zu nahe getreten. Was fand er denn an ihr so anziehend? Sie war weiblich – was sonst – und sexy.

Er lehnte sich zu ihr. »Ich hab gerade Wendy Barrett getroffen. Seit mindestens drei Jahren habe ich sie nicht mehr gesehen.«

»Wer ist das?«

»Ein Mädchen, das ich mal gekannt hab. Sie ist hier in Sherwood High.«

Er sah Bev mit gewinnender Ernsthaftigkeit an. Er sprach von einem Mädchen, mit dem er befreundet war. Ich bin in Ordnung, wollte er damit sagen. Ich bin wirklich keiner von der üblen Sorte. Zu denen gehöre ich nicht.

»Wendy Barrett?« sagte Bev. »Hab ich noch nie gehört.«

»Wir sind zusammen aufgewachsen.« Noch eine ›Ich-bin-ja-so-harmlos-Bemerkung‹.

»Mr. Rosenbloom, bitte«, sagte Mr. Sweeny.

Marcus blinzelte und steckte seinen Nagelknipser ein. »Schuldigung, Mr. Sweeny.«

Sweeny war ein hagerer, nervöser Mann mit dem Ruf,

eine ziemlich scharfe Zunge zu haben. »Meine Damen und Herren, ich habe darum gebeten, diese Woche eine kleine Probe Ihres Könnens sehen zu dürfen. Nach gewissenhaftem Überlegen werden Sie sich vielleicht daran erinnern, daß Sie hier einen Kursus in Freiem Schreiben besuchen. Ich habe um einen Sketch, eine Charakterstudie gebeten. Einige Arbeiten habe ich bereits erhalten. Was ist mit den restlichen! Mr. Rosenbloom?«

»Kommt noch«, sagte Marcus. »Ich habe sie zu Haus vergessen.«

Bev warf ihm einen Katzenblick zu. Marcus errötete. Er wurde immer rot, wenn er log. Er hatte die Aufgabe nicht gemacht. Er wußte es, Bev wußte es, und er war sicher, daß Sweeny es auch wußte. Marcus hätte nicht sagen können, was Sweeny von ihm hielt. Hielt er ihn für talentiert? Er schrieb gerne, faßte Erlebnisse gern in Worte, ihm gefiel der Gedanke, ein Schriftsteller zu sein. Jeder hielt sich für irgendwas. Sein Freund Alec war Schauspieler. Pfeff war Aktionist – ständig dabei, die Welt zu verbessern. Gordy war auf dem besten Weg, Professor zu werden. Und Marcus wurde eben Schriftsteller.

War das wahr? Oder war es nur Teil seines Rollenverhaltens: daß er den Intellektuellen spielte mit seinem Notizbuch, dem vielen Lesen und der Pfeife im Mund? In der Zehnten hatte Mrs. Granenstein mit ihrer angenehmen, rauchigen Stimme ein paar seiner Gedichte der Klasse vorgelesen. Machte ihn das zu einem Schriftsteller? Oder vielleicht die paar Sachen, die er in der Schülerzeitung veröffentlicht hatte? Manchmal kam ihm der Gedanke, daß er sich nur etwas vormachte. Daß vielleicht alles nur Angabe war, viel Lärm und nichts dahinter, wie in seinem Liebesleben, alles nur Schein. Wie ein

Kind träumte er von all den tollen Sachen, die er machen wollte. Und was hatte er schon getan? Nichts.

Mr. Sweeny nagelte ihn fest. »Ich weiß, Sie haben einen großen Ruf als Schriftsteller. Ich erwarte etwas Besonderes!«

Bev schaute Marcus an. Er fühlte die Blicke der ganzen Klasse auf sich gerichtet. »Sie werden Augen machen, Sir.«

2

Ein Mädchen wartete draußen auf ihn. Marcus sah Wendy am Ende des Korridors stehen. Wirklich schade, daß es nicht Bev Kruger war. Eigentlich war ihm Wendy mittlerweile egal. Na gut, sie hatten sich vor ein paar Jahren gekannt. Was hieß das jetzt schon? Damals waren sie Kinder gewesen. Was hatten sie heute gemeinsam? Sie würden sich treffen. Sie würde sagen, *Marcus.* Er würde sagen, *Wendy.* Tolle Konversation. *»Wie geht's deiner Mutter?« »Gut, und deiner?«* und dann?

»Marcus«, sagte sie, als er bei ihr ankam.

»Wendy.« Großartig. Als nächstes würde sie sagen: *Wie geht's deiner Mutter?*

»Wie geht's deiner Mutter?«

»Gut, und deiner?« Er rollte mit den Augen und stieß die Tür auf. Das war wirklich die reinste Quälerei.

Draußen traf sie der Wind voll im Gesicht. Marcus hatte keine Jacke dabei. *Harter Individualist.* Der Wind fand die Löcher in seinen Jeans. *Bescheidene Armut.* Wendy trug eine rotkarierte Männerjacke, Stiefel und

Jeans. War das ihre neue Kleidung? Ihre neue Art? Nicht sehr aufregend. Die alte Wendy war interessanter gewesen.

»Du siehst so aus, als ob du gerade auf Wandertour gehen willst«, sagte er.

»Würd ich auch wahnsinnig gern. Du nicht?«

Enthusiastischer Typ. »Ich? Muß nicht unbedingt sein.«

»Sag bloß nicht, es wär nichts, wenn du's noch nicht gemacht hast. Man soll nie urteilen, bevor man es nicht selbst ausprobiert hat.«

Der Typ, der gern voreilige Schlüsse zieht. »Mit vierzehn«, sagte er langsam und mit Befriedigung, »war ich einen ganzen Sommer auf Tour – hab draußen geschlafen und bin mit einem Kanu durch den Algonquin Provincial Park in Kanada gefahren.«

»Und deine Mutter war damit einverstanden?«

»Warum nicht?«

»Du warst erst vierzehn.«

»Sie war ganz froh, mich mal los zu sein. Ich hab immer in der Wohnung Basketball trainiert und thermische Explosionen auf dem Fensterbrett ausgelöst. Ich war wirklich die reinste Nervensäge. Aber seitdem hab ich mich ziemlich verändert.«

Sie überquerten die Straße in Richtung Medowbrook. Es lag teilweise immer noch Schnee, schmutzige Haufen, zusammengetürmt am Rand der Parkplätze. Marcus legte eine schnellere Gangart ein. *Olypmischer Stil.* Er würde wegen ihr nicht langsamer laufen; sollte sie ruhig rennen, um Schritt zu halten. Sie hielt Schritt! *Reine Angabe.*

»Du bist größer geworden«, sagte sie.

»Du auch.« Jetzt kam wieder das Kindergartengerede.

»Und dünner. Viel dünner.«

Das hatte sie bemerkt. *Der beobachtende Typ.* Das letzte bißchen Fett war in jenem Sommer in Algonquin verschwunden. Aber wer einmal dick war, vergißt es nie.

»Ich hab fünf- oder sechshundert Pfund beim Kanufahren verloren.«

»Ach komm, Marcus, du warst nie so dick.«

Und sie sagt nette Sachen. »Dein Gedächtnis läßt dich im Stich.«

»Nein, mein Gedächtnis ist in Ordnung. Ich kann mich sehr gut an dich erinnern. Wir haben immer viel Spaß miteinander gehabt. Du warst der einzige vernünftige Mensch, den ich kannte.«

Vernünftig, nett? War er das? »Ich dachte, ich bin eher verrückt gewesen.«

»Warum verrückt?« fragte Wendy.

Nimmt alles zu ernst. »Hast du jemals irgendeinen Schriftsteller gekannt, der nicht ein wenig sonderbar war?«

»Ich kenne überhaupt keine Schriftsteller.«

»Jetzt kennst du einen. Zufällig bin ich nämlich Schriftsteller.«

»Du?«

Diese Überraschung. »Was hast du denn gedacht, daß ich bin?«

»Ein Apotheker. Nein, ich mach nur Spaß. Ich finde, du hast eher was vom wissenschaftlichen Typ. Ich dachte, ein Schriftsteller braucht eine wahnsinnige Vorstellungsgabe.«

»Vielen Dank.« *Taktlose Kuh.*

»Das hätte ich nicht sagen sollen, nicht wahr?«

»Du kannst sagen, was du willst.« Er ging langsamer,

so daß er hinter ihr war, und ließ sie alleine laufen. *Na gut.* Sie war eine dumme Gans.

Sie nahm seinen Arm. »Erzähl mir bloß nicht, daß ich alles sagen kann, was ich will. So komm ich nämlich immer in Schwierigkeiten. Manchmal weiß ich einfach nicht, wann ich besser den Mund halte. Hast du das bemerkt?«

»Nein, überhaupt nicht.« *Du doch nicht, Fräulein Rede-wie-ein-Wasserfall.*

»Ich rede zuviel. Was mir in den Kopf kommt, sage ich einfach. Das ist taktlos. Hab ich dich verletzt?«

»Verletzt? Mich? Nein, ich verlier nicht so schnell die Fassung.«

»Na ja, weil ich doch das mit der Vorstellungskraft gesagt hab. Aber ehrlich, ich hätte niemals gedacht, daß du ein Schriftsteller bist.«

Plätscher, plätscher!

»Wenn wir uns nach all diesen Jahren gleich beim Wiedersehen streiten würden, das wäre doch schlimm. Sherwood ist schon schlimm genug.«

»Diese Schule«, sagte er, »kann ganz schön hart sein, wenn du sie nicht gut kennst. Es ist eine richtige Mühle.«

»Oh, das glaub ich. Wenn man in meinem Alter noch in eine andere Schule kommt, ist es nicht einfach, Freunde zu finden.« Auf was ließ er sich da ein? War sie darauf aus? Sollte er ihr Freund sein, ihr Führer durch den Dschungel von Sherwood? Der tapfere Freund Marcus. Hatte er das nötig? Nein, er nicht. Er hatte genug Freunde.

»Wenn es sich so anhört, als ob ich jammere«, sagte Wendy, »das will ich nicht. Ich weiß, daß das schon alles wird, nach einer Weile.«

Gut gesagt, Wendy, sehr gut gesagt. Tu ein bißchen

cool, und alles wird gut, aber bestimmt nicht mit dem guten Marcus Rosenbloom.

Ein Jogger in einem grauen Trainingsanzug überholte sie.

»Hast du gesehen?« fragte Wendy. »Der erinnert mich an Steve, den Mann, mit dem meine Mutter zusammenlebt.«

»Dein Stiefvater?«

»Steve ist nicht mein Stiefvater. Bitte, nicht das. Er ist der Liebhaber meiner Mutter. Wir sind schon vom allerersten Tag an nicht miteinander ausgekommen. Nichts kann ich ihm rechtmachen, aber ich mag ihn auch nicht. Er ist so fanatisch. Du müßtest ihn mal sehen, Marcus, wie er jeden Tag joggen geht, egal, was für Wetter oder was sonst los ist. Packst du vielleicht Leute, die so diszipliniert sind? Er war in der Armee. Steht pünktlich um sechs Uhr morgens auf, ist genau zwanzig Minuten im Badezimmer und tut immer genau das, was er zu tun hat.«

Ja, Marcus konnte es sich schon vorstellen, so zu sein. Um sechs Uhr aufstehen, im Badezimmer für genau zwanzig Minuten, dann zehn Minuten Gymnastik, dreißig Minuten Schreiben, dann wieder Gymnastik (sorgt für die Gehirndurchblutung), wieder Schreiben, wieder Gymnastik ... Er würde gerne so einem Plan folgen, aber er wußte, daß er es nicht einmal dreißig Sekunden lang fertig brächte.

Wendy wurde immer lebhafter. »Eines Tages sagte ich zu Steve: ›Warum nimmst du nicht Sweet Life‹ – so nennt er Mom nämlich – ›warum nimmst du nicht Sweet Life mit dir raus zum Joggen?‹ ›Warum gehst du nicht selbst raus‹, sagte er da zu mir. So stehn wir miteinander – wie Hund und Katze. Dabei hab ich das bloß gesagt, weil ich dachte, meiner Mutter täte ein bißchen Bewegung ganz gut. Sie hat das gleiche Problem wie ich: zuviel Gewicht unterhalb der Taille. Sie unterrichtet den ganzen Tag und macht nie irgendwelche Gymnastik. Ich weiß nicht, ob du es gemerkt hast, Marcus, aber ich bin wie zwei verschiedene Leute in einer Person. Oben bin ich okay, aber von der Taille ab habe ich Probleme. Rede ich schon wieder zu viel?«

»Nein, nein«, sagte er. *Sehr aufmerksam, Dr. Marcus. Plappern Sie nur weiter, Miss Barrett.*

»Vielleicht hat Steve mir damit etwas sagen wollen, aber ich hab eben sofort reagiert. Er sagt, daß es Schwierigkeiten gibt, wenn ich nur meinen Mund aufmache, und er hat wahrscheinlich sogar recht. So war ich schon immer. Mit meiner Mutter ist es jedenfalls ähnlich. Wir streiten uns über jede Kleinigkeit. Vielleicht erinnerst du dich daran, Marcus. Wir streiten, aber dann ist es wieder vorbei, und wir heulen uns zusammen aus. Aber mit Steve war das wie der dritte Weltkrieg.«

»Bist du deshalb weggegangen?«

»Es ist wirklich schlimm geworden, Marcus. Mom wollte ja nicht, daß ich gehe, aber es war so deprimierend, ich mußte einfach weg.« Wendy hielt an. »Wahrscheinlich langweile ich dich. Na ja –«, sie zeigte auf ein Grundstück, das von einer hohen Hecke umgeben war. »Wir sind da. Hier wohne ich.«

Er konnte sich an das kleine gelbe Haus mit der Einfahrt auf der einen Seite und dem Rasen auf der anderen Seite noch erinnern. Er war schon ein- oder zweimal mit seiner Mutter hiergewesen, aber die Schaukeln, ein Sandkasten und ein Turngerät waren ihm neu, genauso wie das Schild, das draußen angebracht war: »Die Fröhliche Spielstube«.

»Es ist ziemlich klein«, sagte Wendy. »Die Spielstube nimmt praktisch das ganze Haus in Beschlag, außer der Küche und dem Schlafzimmer. Mein Zimmer war früher mal die Speisekammer. Es ist winzig, aber recht nett.«

Er stand da und wartete darauf wegzukommen. Vielleicht würden sie sich wiedersehen. – *Seh dich dann in der Schule wieder . . . bis zum nächstenmal . . . bis nächste Woche irgendwann . . .*

»Also«, sagten sie beide gleichzeitig. Sie nahm seine Hand und krabbelte mit den Fingern seinen Arm hinauf.

»Was steigt den Kamin hinauf?«

Jetzt fielen sie ins Kleinkindalter zurück.

»Was steigt den Kamin hinauf?« wiederholte sie.

»Weiß ich nicht«, sagte er.

»Du bist zu langsam! Rauch. Und was kommt den Kamin herunter?«

»Ruß.«

»Und gemein bist du auch. Du hast es verdorben. Die Antwort muß heißen der Nikolaus. – Willst du vielleicht noch meiner Tante Guten Tag sagen? Sie würde sich bestimmt freuen. Sie kennt deine Mutter.«

»Eigentlich nicht unbedingt«, murrte er vor sich hin und sagte dann laut: »Ich kann aber nur einen Moment bleiben.«

Tante Ginny stand auf dem Rasen, umgeben von einer Schar Kindern, die alle dick eingemummt waren in Jakken, Mützen und Fäustlingen. Ihm fiel die Ähnlichkeit auf zwischen Wendy und ihrer Tante Ginny. Kein Makeup, das gleiche runde Gesicht, das gleiche krause blonde Haar.

Das von Tante Ginny war mit einem Schnürsenkel zurückgebunden.

»Marcus Rosenbloom?« sagte sie. »Vermutlich sollte

ich mich an dich erinnern.« Sie langte nach einer Zigarette in ihrer Jackentasche. »Entschuldige bitte.«

»Macht doch nichts«, sagte Marcus. Er konnte sich auch nicht an sie erinnern.

»Ich zeig Marcus mal mein Zimmer, Ginny, ja?«

»Ja, ja. He, Kinder! Hört auf, so rumzuschubsen. Nate, du kommst hierher zu mir.«

Wendys Zimmer. Das war ja cool von ihr, ihm zu sagen, er solle ihre Tante begrüßen, und ihn dann mit auf ihr Zimmer zu nehmen. Was kam als nächstes? Sollte er an dieser neuen Wendy etwas entdecken, was er vorher nicht einmal zu denken gewagt hätte? Wußte sie nichts von seinen üblen Gelüsten? Aber sie war schon immer eine kleine Hexe gewesen, eine Spinne, die ihn in ihr Netz locken wollte, und er das kleine hilflose, etwas beschränkte haarige Ungeheuer.

Wendys Zimmer hatte eine Außentür an der Rückseite des Hauses. Drei Stufen rauf, und man war drin. »Mein eigener Privateingang«, sagte sie. Und auf einem Schild im Fenster stand »Hallo«. Das fing ja langsam an, interessant zu werden. Wann hatte ihn ein Mädchen das letzte Mal mit auf ihr Zimmer genommen? Die Antwort war, nach kurzem Überlegen, noch nie.

Das Zimmer war gerade groß genug für ein Bett, einen kleinen Tisch und einen Stuhl. »Ich liebe es«, sagte Wendy. »Ist es nicht unheimlich gemütlich?« Sie ließ sich aufs Bett fallen. »Du bist mein erster Gast. Ich hoffe, du fühlst dich dementsprechend geehrt.«

»O ja, ja, sehr geehrt . . . unheimlich geehrt.« Er setzte sich auf den Stuhl und zog eine Grimasse. Er konnte kaum mehr gerade sitzen, denn seine Hose begann eng zu werden, seit Wendy sich aufs Bett fallen gelassen hatte. Er konnte auch gar nicht mehr klar denken. Sie lag da, die Hände hinter dem Kopf verschränkt, ihre Jeans lagen eng an ihren Schenkeln.

Er konnte es gar nicht glauben. Die Möglichkeiten, die sich auf einmal vor ihm auftaten. Er hatte schon von solchen Mädchen gehört, die freundlich waren und mit denen man so ganz gut reden konnte, aber wenn man erst einmal in ihrem Zimmer war ... *So eine Gelegenheit kommt nur einmal.* Sie waren weniger als einen halben Meter voneinander entfernt, aber es hätten genausogut tausend Kilometer sein können. Geh rüber, befahl er sich. Aber wie? Wenn so etwas im Sexualkundebuch stand, dann hatte er es übersehen.

»Es ist klein, aber ich mag es, wenn ich mich so ganz zurückziehen kann«, sagte sie laut.

Er hörte die versteckte Herausforderung darin. *Beweg dich, Junge.* Beweg dich, befahl er sich selbst. Was er zu tun hatte, war aufstehen ...

»Das Problem mit diesem Zimmer ist«, sagte Wendy gerade, »daß ich keinen Platz für meine Poster habe. Ich habe sechzehn Stück, ob du es glaubst oder nicht. Und es ist einfach unmöglich, sie alle an den Wänden unterzubringen. Was hältst du von der Decke? Ich habe eins von der Schweiz, das würde genau passen.«

An der Decke. Sie sah an die Decke!

»Was hältst du davon?«

»Genial.« Er stand auf seinen Füßen, aber er konnte nicht gerade stehen. Beweg dich! Geh rüber! Und dann ging alles schief. Das Zimmer war zu klein. Er war zu groß.

Er bewegte sich, aber ungefähr so, als ob er von einer Kanone abgeschossen worden sei. Er flog durch das Zimmer – konnte nicht mehr bremsen – und fiel genau auf sie drauf.

»Was soll denn das!« Sie schob ihn weg. »Geh von mir runter, du Trampeltier!«

Er krabbelte zurück. Er konnte gar nicht schnell genug wegkommen.

Sie setzte sich auf. Er ging zur Tür zurück, entschuldigte sich stotternd. Auf ihrem Gesicht war ein Ausdruck, dem er nicht standhalten konnte. »Was sollte denn das heißen?« fragte sie.

»Du hast gesagt –«

»Was hab ich gesagt? Ich hab gar nichts gesagt.«

»Warte einen Moment«, sagte er. »Laß mich doch erklären.«

»Okay, erklär mal.«

Er holte tief Luft. Seine Stimme zitterte. Merkte sie das?

»Ich dachte – ich dachte –«

»Dachtest was?«

»Du weißt schon, als du gesagt hast, ich soll dein Zimmer anschaun.« Es hörte sich jetzt so blöd an.

»Also das war es? Nur weil ich gesagt habe: ›Komm mein Zimmer anschaun.‹«

Er wurde rot.

»Du hast falsch gedacht.«

»Das weiß ich jetzt.« Er lehnte sich an die Tür. Er wünschte, er könnte durch sie hindurchfallen und auf der Stelle verschwinden.

»Ich hätte nie an so einen Ringkampf mit dir gedacht, Marcus. Nicht eine Minute habe ich daran gedacht. Ich dachte, wir seien alte Freunde.«

»Sind wir, sind wir auch.« Was erwartete sie? Er war nicht mehr dreizehn, und sie auch nicht.

»Ich glaube nicht, daß man so mit einem Freund umgeht.«

»Mit Freundinnen manchmal schon.« Er versuchte zu lächeln.

Sie erwiderte sein Lächeln nicht.

»Ich bin nicht deine Freundin.«

»Ja, ja, ich weiß, daß es blöd war. Es tut mir leid. Ich hab einfach alles falsch verstanden.« Wie lange sollte er denn noch bluten müssen?

»Ich will mich deswegen ja auch nicht aufregen«, sagte sie, »aber ich dachte nicht – ich hab wirklich gedacht, wir wären Freunde.«

»Sind wir, sind wir doch auch.«

»Sind wir?«

»Ja, wir sind Freunde.«

»Okay«, sagte sie, »dann vergessen wir's.«

Kein Lächeln. Glaubte sie ihm? Er wagte nicht, ihr die Hand anzubieten. Geh, sagte er sich. Das ist nicht deine beste Stunde. Trotzdem zögerte er. Er wollte nicht, daß sie dachte, alles, was er im Kopf habe, sei Sex. Es war mehr an ihm dran als das. Er hatte auch seinen Stolz.

»Ich bin nicht immer so.«

»Ich hoffe nicht.«

»Sind wir wirklich wieder Freunde?«

»Klar«, sagte sie und hob zwei Finger im Zeichen für Frieden. Er nickte erleichtert mit dem Kopf. *Sportsfrau. Weiß einen Spaß zu nehmen. Und hat einen tollen Busen.*

Plötzlich deutete Wendy zum Fenster. »Schau.« Ein kleiner Kopf war dort aufgetaucht, dann ein anderer, und noch ein dritter. »Sie belauschen uns.«

»Die Marsmenschen sind gelandet.« Marcus sprang hoch und fuchtelte mit den Armen. Die Köpfe verschwanden vom Fenster.

»Gemein!« sagte Wendy.

»Das bin ich«, stimmte Marcus zu. »Großer, bööööser, gemeiner Marcus.«

3

Auf dem Heimweg hielt Marcus in der Cherry Street an, um Alec zu besuchen. Er wollte mit ihm über das reden, was mit Wendy passiert war. Was war passiert? Er hatte alle Zeichen so vollkommen falsch gedeutet. Er war mit einem Mädchen zusammen gewesen und hatte Dinge getan, von denen er nicht einmal selbst gewußt hatte, daß er sie tun würde. Konnte er sich überhaupt jemals wieder in die Nähe eines Mädchens wagen? Er wollte, daß Alec ihm versicherte, daß das, was er getan hatte, nicht so schlimm war. Alec, der nie Schwierigkeiten mit Mädchen hatte, sondern immer genau die richtigen Worte fand. Aber von dem Moment an, als Alec ihm die Tür öffnete, blödelten sie nur herum, wie immer, wenn er und Alec zusammen waren.

»Lieber Himmel, wie siehst du denn aus«, sagte Marcus. Alec trug weiße Hosen, ein enges leuchtend blaues Nylonhemd und Schuhe mit fünf Zentimeter hohen Absätzen.

»Hallo, Jungchen.« Alec zog sein Eisenhower Jacket an. »Ich mach mich gerade auf den Weg zu den Proben für ›Unsere Kleine Stadt‹. Warte erst mal, bis du gesehen hast, wer mich abholt – hollywoodreif, sag ich dir.«

Alec sah selbst nach Hollywood aus, mit seiner dunklen Haut, den hohen Wangenknochen und diesen sanften Augen, wie der Hauptdarsteller in einem romantischen alten Film.

»Ich bin gekommen, um zu beichten«, sagte Marcus. »Ich bin gerade am Rande des Abgrunds gewandelt.«

»Beichte, mein Junge.« Alec umfaßte Marcus' Schulter mit seiner einen Hand und verstärkte den Druck so lange, bis Marcus sie wegzog.

»Es geht um ein Mädchen.«

»Ich weiß, mein Sohn. Wer ist sie?«

»Meine Lippen sind versiegelt.« Aber dann sagte Marcus: »Ich war in ihrem Zimmer.«

»Ausgezeichneter Anfang.«

»Danke, Professor Unrat.« Witze. »Ich war auf ihr drauf.«

»Gut, gut!«

»Dann fing sie an zu schreien.«

»Schlecht, schlecht.«

»Ich hab einfach alles falsch verstanden.« Es tat Marcus weh, das zugeben zu müssen, aber er fuhr fort. »Was ist an mir, das die Mädchen so erschreckt, Professor Unrat?«

»Es ist dein Kopf mit den vielen Haaren.«

»Das ist übel, Alec, ziemlich übel.«

»Nein, nein, mein Junge, nimm es nicht so schwer.« Alec klopfte ihm auf die Schulter und schaute auf die Straße hinab nach seinem Hollywood-Star.

Marcus fand alles einfach ungerecht. Hier war Alec, der nach seiner kalifornischen Schönheit Ausschau hielt, und da war er und beklagte sich wieder einmal über einen dramatischen Mißerfolg.

»Du kommst doch zu meiner Vorstellung«, sagte Alec. »Ich will, daß du klatschst wie ein Verrückter.«

»Vielleicht komme ich«, sagte Marcus, »und vielleicht komme ich auch nicht.«

Alec zog eine silberne Zigarettendose aus seiner Jakkentasche. »Verdammt noch mal, Rosenbloom. Du kommst nicht, Gordy kommt nicht, und Pfeff weiß es noch nicht genau. Schöne Freunde hab ich.«

»Bitte, Canale, ich kann dich nicht weinen sehen. Ich hab nicht gesagt, daß ich nicht komme. Ich sagte, vielleicht komme ich nicht. Beachte den Unterschied.«

»Also kommst du. Gut. Sehr gut, mein Junge. Ich brauche jede Hilfe, die ich kriegen kann.«

»Das habe ich dir ja schon die ganze Zeit gesagt.«

Die Hollywood-Schönheit fuhr in einem weißen Sportwagen, Marke Datsun, vor. Alec begrüßte sie. »Hallo Terri. Nervös, wegen heute abend? Ich schon, immer. Das ist mein Freund Marcus. Terri kommt aus Los Angeles, Kalifornien.«

»Nicht aus Los Angeles, aus Anaheim«, sagte Terri und sah Marcus direkt an, kühl, aber interessiert. Nervös war sie nicht.

Marcus streckte seine Hand aus. »Nett, dich kennenzulernen.« Zu Alec sagte er: »Ich geh jetzt.«

»Halt, warte mal, warum hast du es denn so eilig? Kannst du diesen armen Jungen vielleicht zu Hause vorbei fahren?«

»Warum nicht?« sagte Terri und warf Marcus einen noch interessierteren Blick zu.

Marcus kletterte auf den Rücksitz. »Wohin?« fragte Terri.

»Er weiß den Weg.« Alec streichelte Terris Hals, und Marcus, wie ein Voyeur, konnte seine Augen nicht davon abwenden. Weshalb war es für Alec so einfach und für ihn so schwer? Es überkam ihn eine solche Welle von Neid, Verzweiflung und Ärger, daß er seine Hand ausstreckte und auf Alecs Schulter niedersausen ließ, als ob er ihn zu Brei schlagen wollte, er legte seinen ganzen Ärger hinein.

»Du Trottel, laß das!«

»Was ist los, hältst du das nicht aus?«

»Jungens«, sagte Terri, »ich dachte, ihr wärt Freunde.«

Alec massierte seine Schulter. »Du mußt meinem Freund verzeihen, Terri. In der Nähe eines hübschen Mädchens verliert er die Beherrschung.«

Verliert er die Beherrschung ... Die ganze Sache mit Wendy fiel ihm wieder ein, demütigte ihn noch einmal. Er sank zurück und blickte aus dem Fenster. Warum hatte er Alec überhaupt davon erzählt?

Als sie bei ihm angekommen waren, stieg er ganz schnell aus. »Danke«, sagte er in seinem tiefsten, männlichsten Tonfall.

Während er die Treppe hinauf ging, fühlte er sich langsam wirklich beschissen. Als erstes diese blöde Bemerkung in Sweenys Klasse, daß Sweeny Augen machen würde, dann die Gorilla-Vorstellung bei Wendy, und jetzt hatte er sich vor diesem tollen Mädchen wie ein Trampel benommen. Welchen Blödsinn würde er als nächstes verzapfen?

»Lämmchen«, begrüßte ihn seine Großmutter May, als er in die Wohnung kam. »Komm her und gib mir einen Kuß, mein Schatz. Ich hab dir was mitgebracht.«

Marcus gab seiner Großmutter den Kuß und begrüßte dann seine Mutter, die an einen Tisch gelehnt stand und ihr Haar aufsteckte. Sie hatte die Kleider, die sie bei der Arbeit trug, schon gegen ein Paar bequeme Hosen und eines von Marcus alten weißen T-Shirts eingetauscht.

»Willst du gar nicht wissen, was das für ein Geschenk ist?« fragte seine Großmutter.

»Okay, Großmutter, was ist es für ein Geschenk?« Sie war glücklich, wenn sie ihn wie ein kleines Kind behandeln konnte.

»Lammkotelett für mein Lämmchen.«

»Oh, schön, danke.« Er war schon etwas zu alt, um sich noch für Essen begeistern zu können. »Wie geht's dir, Großmutter?« Er machte sich ein wenig Sorgen um sie. Sie war alt und benahm sich wie ein Teenager. Sie hatte einen Freund; um genau zu sein, sie hatte gerade erst wieder einen neuen. Angezogen war sie wie eine Stewardess, in einem blauen Hosenanzug, einen blauen Seidenschal um den Hals geschlungen.

»Marcus«, sagte seine Mutter, »was hast du denn mit deinen Lammkoteletts vor?«

Er fühlte Ärger aufsteigen. »Sind sie nur für mich? Bin ich der einzige, der Lammkoteletts bekommt? Wenn das so ist, vergiß es.«

»Tut mir leid, Marcy«, sagte seine Großmutter. »Ich habe nur zwei Koteletts gekauft, sie waren so teuer. Als du klein warst, hast du sie immer so gerne gegessen.«

»Wir können sie ja teilen.«

»Natürlich«, sagte seine Mutter besänftigend. »Nichts, worüber man sich aufregen müßte.« Sie zähmte das Ungeheuer. »Ich dachte, wir machen Salat und tauen ein paar Erbsen und Karotten auf.«

Wieder Essen! Konnten sie nicht aufhören, über Essen zu reden? »Gut! Wunderbar! Ich esse, was auf den Tisch kommt. Haben wir nichts anderes, worüber wir uns unterhalten können? Sind wir so weit gekommen? Wie wär's mit etwas geistvoller Konversation? ›Wie war's bei dir heute, Sally?‹ ›Gut, danke, Marcus, und bei dir?‹ ›Hätte nicht besser sein können, danke, ein Wahnsinnserlebnis nach dem anderen!‹« Er hörte auf. Er verlor wieder mal die Beherrschung. Das Gesicht seiner Mutter . . .

Sally drehte sich um und ging ohne ein Wort hinaus, rief dann aus der Küche: »Ma, ißt du mit uns?«

»Bin ich eingeladen?«

Sally tauchte wieder auf und warf Marcus einen bösen Blick zu. »Hab ich das auch wieder falsch gesagt? Wie ist das in dieser Familie? Weiß niemand mehr, wie man ja oder nein sagt? Ja, du bist eingeladen, Ma.« Sie setzte sich und nahm ein Buch. »Es hat keine Eile, ich warte, bis ihr zwei fertig seid.«

Geh in dein Zimmer, sagte er sich. Mach leise die Türe zu und schreib diese Arbeit für Sweeny. Geh, bevor du noch etwas sagst oder machst, was dir später wieder leid tut. Das ganze Wochenende wird draufgehen, wenn du jetzt nicht schon mit der Arbeit anfängst. Aber der Ärger seiner Mutter war wie eine Kette, die ihn zwang, hierzubleiben.

»Wo warst du?« fragte sie. »Ich dachte eigentlich, du wärst an der Reihe gewesen, das Abendessen vorzubereiten?«

»Ich habe noch bei Alec vorbeigesehen.« Er hätte etwas von Wendy sagen können – Sally und Wendys Mutter waren alte Freundinnen –, aber es schien zu kompliziert.

»Ich muß noch was für Sweenys Kurs tun«, sagte er. »Ich fange lieber schon mal damit an. Später geh ich noch weg.«

»Und wohin, wenn ich fragen darf?«

»Vielleicht darfst du nicht?« sagte May. »Er könnte sich mit einem Mädchen treffen. Ich würde sofort mit ihm gehen, wenn ich noch ein Mädchen wäre.«

»Nicht mein Sohn, Ma. Er wartet auf das vollkommene Mädchen. Marcus ist ein Perfektionist. Bei ihm ist alles schwarz oder weiß.«

»Du kennst mich nicht.« Er verlor wirklich langsam die Selbstbeherrschung. Bald würde er etwas sagen, was ihm später leid tun würde. Und dann tat er es auch schon – sagte etwas, was ihm gleich wieder leid tat.

»Zufällig«, sagte er zu seiner Mutter, »gehe ich mit einem Mädchen aus.«

Sie blickten ihn beide an. »Wirklich«, sagte seine Großmutter.

»Wie heißt sie?« fragte Sally und lächelte. Das gab ihm den Rest. Sie dachte, er hätte geschwindelt.

»Zufällig ist es Wendy.«

»Wer?« fragte seine Mutter.

»Wendy«, sagte er noch einmal. »Wendy Barrett.«

»Wendy Barrett!«

Jetzt hatte er den Salat. Er würde Wendy anrufen müssen und sie fragen, ob sie mit ihm zur Vorstellung ginge, und was, wenn sie nicht wollte – was wahrscheinlich der Fall sein würde?

»Du meinst doch nicht etwa die Wendy von Grace?«

Marcus nickte.

»Wendy ist hier? Grace auch? Wo hast du sie getroffen?«

»Wendy ist alleine hier, sie lebt bei ihrer Tante und ihrem Onkel drüben am Victoria Place. Sie hat den Freund von ihrer Mutter nicht ertragen, also ist sie weggegangen.«

»Warte mal.« Sally packte Marcus am Arm. »Wann ist das alles passiert?«

Marcus zuckte mit den Schultern. »Ich weiß nicht. Ich hab Wendy erst heute getroffen.« Er drehte sich zu seiner Großmutter um. »Erzähl mal von deinem neuen Freund.«

May zündete sich eine Zigarette an. »Ein sehr netter Mann. Er wohnt in meinem Haus. Wir haben jeden Dienstagabend Scrabble gespielt.«

»Mag es dein neuer Freund, wenn du rauchst, Großmutter?«

»Niemand hat ihn danach gefragt. Er mag mich so, wie ich bin. Schau nicht so überrascht, mein Schatz. In unserem Alter kriegt man zwar Falten, aber man kriegt auch so schwache Augen, daß man die Falten nicht mehr sieht. Für meinen Freund Garry bin ich so toll wie Miss America.«

»Er macht dir nur was vor, Großmutter.«

»Du meinst, er will etwas von mir? Das wäre doch gar nicht so schlecht. Aber mach dir keine Sorgen, Marcy, Liebling.« Sie fuhr durch sein Haar. »Du bist immer noch Numero eins bei May Rosenbloom.«

May legte sich auf die Couch und sah zu, wie der Rauch der Zigarette an die Decke stieg. »Es hat mir immer gefallen, als die Kinder klein waren und ich mich hingelegt hatte, wenn sie miteinander sprachen und spielten. Dann wußte ich, daß alles in Ordnung war, und ich konnte schlafen. Also, ihr beiden, unterhaltet euch ein wenig und vertragt euch.« Sie schloß die Augen.

Es war einen Moment peinlich still, dann sagte Sally: »Heute habe ich einen Brief von Bill bekommen.«

Marcus schaute zu seiner Großmutter. Ihre Augen waren geschlossen.

»Wo ist er? Immer noch in Rio?«

»Ja. Nächste Woche in Buenos Aires«, sagte Sally.

Wendy würde Bill Brenner den Liebhaber seiner Mutter nennen. Aber für Marcus, der mit ihm gelebt hatte und ihn sein ganzes Leben lang kannte, war es eben einfach Bill, der Freund seiner Mutter, und auch sein Freund. Wenn Bill Trompete spielte – er war Berufsmusiker –, traten auf den Seiten seines kahlen Kopfes die Adern hervor wie kleine blaue Würmer, und er wischte sich oft mit einem Taschentuch über den Mund. Er mußte häufig auf Tourneen gehen, und wenn er zurückkam, brachte er immer Geschenke mit. Das erste, was er tat, wenn er nach Hause kam, war seine Schuhe und Socken ausziehen, sich auf den Fußboden legen und sagen, wie schön es sei, wieder zu Hause zu sein.

»Überleg nur mal, wieviel schöner dein Leben gewesen wäre, wenn du mit George zusammengeblieben wärst«, sagte Marcus.

»George?« Einen Moment lang begriff seine Mutter nicht. »Du meinst George Renfrew? Deinen Vater? Wo hast du denn die Idee her?«

»Du mußt zugeben, daß dein Leben ganz anders geworden wäre.«

»Es wäre einfach dumm von mir gewesen. Ich wäre mit diesem gefühllosen Menschen nicht zusammengeblieben, nicht um alles in der Welt. Das einzig Gute, was er jemals fertiggebracht hat, war, daß er mir dich gegeben hat.«

»Vielleicht sollte ich ihn mal wieder besuchen.« Er sagte das absichtlich, um seine Mutter zu reizen. »Ich nehme einen Kassettenrecorder mit, um herauszufinden, was für ein Mann er wirklich ist.«

Marcus war von seiner Mutter aufgezogen worden. Er hatte überhaupt nichts über seinen Vater gewußt, bis er dreizehn war. Dann hatte er ihn besucht – gegen den Rat seiner Mutter. George Renfrew hatte inzwischen eine andere Familie, auch einen anderen Sohn, und er war nur unangenehm überrascht und unsicher, als sein erster Sohn auftauchte. Marcus hatte sich befohlen, nie mehr über diesen Mann nachzudenken, aber manchmal tat er es doch, besonders dann, wenn er sich schlecht fühlte.

»Es ist nicht so viel von George Renfrew in dir.« Sally hob ihren kleinen Finger. »Nicht ein Fingerhut voll. Du hast Gefühl. Er hat nie auch nur einen Hauch davon besessen.« Sie streckte ihre Hand aus. »Hier, zieh mich hoch. Tut mir leid, daß ich vorhin so gereizt war.« Sie küßte ihn. »Ich bin wahrscheinlich immer noch in der Pubertät, oder?«

»Mehr als ich es jemals war.« Er umarmte seine Mutter.

»Werde ich Wendy mal zu Gesicht bekommen?« fragte sie.

O Gott, er hatte es fast vergessen. Er mußte ja Wendy anrufen. Wie sollte er das nur hinkriegen? »Ich nehm's schon an.«

»Sag ihr, daß ich sie sehen möchte. Lade sie fürs Wochenende ein.«

»Sag es ihr selber, Sally. Ich bin nicht ihr Sekretär.«

Sie drehte ihn am Ohrläppchen. »Kein Wunder, daß ich dir manchmal am liebsten den Hals umdrehen möchte.«

»Wem?« sagte er. »Mir etwa? Wo ich doch die Unschuld in Person bin!«

4

»Hallo Wendy, rate mal, wer hier ist?«

»Wer?«

»Dein freundlicher Nachbar, der Perversling. – Nein, es ist dieser geläuterte Bursche, du weißt schon.«

»Marcus?«

»Genau, dieser allereinzigste. Hast du heute abend schon was vor? Was hältst du davon, mit mir heute abend zu einer Theatervorstellung zu gehen?« Am Anfang war er ganz zuversichtlich gewesen, aber jetzt wurde er wieder unsicher. Das letzte Mal, als er ein Mädchen gefragt hatte, ob sie mit ihm ausginge, hatte sie gesagt, er solle es nächstes Jahr noch mal versuchen.

»Ein Freund von mir bewirbt sich um eine Rolle bei den Down City Players, er spielt heute abend vor. Ich denke, es wird ganz interessant.«

»Na ja«, sagte Wendy. »Ich wollte mir eigentlich die Haare waschen.«

»Die kannst du doch auch ein anderes Mal waschen.«

»Ich weiß nicht. Ich muß vielleicht noch mit meiner Tante einkaufen gehen.«

»Hör mal«, sagte er, »ist es wegen dem, was heute nachmittag passiert ist? Willst du deswegen nicht mit mir weggehen? Du bist immer noch sauer deshalb?«

»Nein, bin ich nicht. Ich hab's wirklich vergessen.«

»Also gut, dann hol ich dich in einer Viertelstunde ab.«

»Na gut, komm in einer halben Stunde.«

Marcus hatte Jeans, einen blauen Rollkragenpulli und dieselben Stiefel an, die er immer trug. Nichts Besonderes. Er überlegte, ob er eine einfache goldene Kette tragen sollte, aber entschied sich dann dagegen.

»Wem gehört denn das Auto?« fragte Wendy, als sie einstieg. Sie war ganz in grün. Grüne Cordhose, ein hellgrünes besticktes Hemd und ein grüner Armeeparka. Sie lächelte, aber er war trotzdem unsicher und fing an, zu viel zu reden.

»Es gehört meiner Mutter; ich hab's nur bekommen, nachdem ich ihr erzählt habe, wen ich abhole, sonst hätte ich laufen können.«

»Deine Mutter leiht dir nicht gerne ihr Auto?«

»Sie denkt, ich fahre ungefähr so.« Er brachte sein Haar durcheinander und ließ seine Zunge aus einem

Mundwinkel hängen. Im gleichen Moment bereute er es wieder. Er benahm sich wirklich ziemlich kindisch. Wieder falsch angefangen.

»Und wer ist dieser Freund?« fragte sie.

»Alec Canale, ein fantastischer Schauspieler. Warte, bis du ihn gesehen hast. Wenn er nicht so ein verdammt guter Freund wäre, würde ich ja nicht zu dieser Vorstellung gehen. ›Unsere Kleine Stadt‹. Ich hab das blöde Stück schon viermal gesehen. Erst im Fernsehen, dann ist es in der Schule aufgeführt worden und am College auch noch irgendwann mal.«

»Das macht nur dreimal«, sagte Wendy.

»Also gut, dann eben nur dreimal.« War das die Art und Weise, wie sie von nun an miteinander umgehen würden, ein dauernder Zweikampf? Wendy hatte ihn wirklich freundlich angelächelt, als sie ins Auto gestiegen war, aber jetzt war er sich nicht mehr so sicher. Gehörte sie zu den Leuten, die niemals vergessen und vergeben?

Im Down City fanden sie einen Platz weiter hinten im Theater. Pfeff war schon da. Marcus stellte sie flüsternd einander vor. Wendy lächelte, das übliche breite Barrett-Lächeln. Pfeff trug ein Anti-AKW-T-Shirt, und sie sagte, daß sie auch gegen Atomkraftwerke sei. Pfeff, mit seiner Brille und einer Nase wie ein Maulwurf, lächelte gequält zurück. Er hatte für Mädchen noch nie ein gutes Wort übrig gehabt. Er sank in seinen Sessel neben Marcus zurück und murrte: »Marcarsch, du schießt ja wieder mal den Vogel ab. Wo hast du denn die aufgegabelt?«

Marcus versetzte ihm einen Stoß mit dem Ellbogen. »Quatsch nicht so dumm, du blindes Huhn. Es ist eine Freundin.«

»Vielleicht bringst du das nächste Mal lieber 'ne Feindin mit.«

Der Direktor, der ganz vorne saß, bat um Ruhe, dann begann er, die Schauspieler aufzurufen. Marcus lehnte sich vor. Die kahle, spärlich beleuchtete Bühne stimmte ihn erwartungsvoll. Die meisten Leute, die sich vorstellten, waren gar nicht so schlecht, aber Pfeff drehte bei jedem die Daumen nach unten. »Gib mir eine Tomate, Marcus.« »Schmeißt den doch vor die Löwen.«

Es waren etliche Mädchen, die sich um die Rolle der Emily bewarben. Terri war eine der letzten. Als sie auf die Bühne kam, fing Pfeff an, herumzuhüpfen. »Oh, oh, schau dir nur diese Sachen an, gewaltig, gewaltig! Die kriegt die Rolle.«

Terri, schon die Emily spielend, sah sich zögernd um, ihre Hände fest gefaltet. »Ich kann jetzt nicht schlafen, Vater. Der Mondschein ist so wun . . . derbar.«

Marcus fand, daß sie recht gut war, aber wegen Pfeff sagte er: »Vielleicht etwas übertrieben.«

»Du hast ja keine Ahnung!« sagte Pfeff. »Ich hab dir schon mal gesagt, sie kriegt die Rolle. Mit einem solchen Hintern, wer fragt da, ob sie spielen kann?«

Marcus schaute Wendy an, die mit zusammengepreßten Lippen dasaß. »Warte, bis du Alec gesehen hast«, flüsterte er ihr zu. Hatte er einen Fehler gemacht, als er sie hierher mitnahm? Sie schien überhaupt nichts zu mögen. Aber als Alec auf der Bühne erschien, mußte er einfach noch ein bißchen angeben. »Da ist Alec. Jetzt wirst du was ganz Besonderes sehen.«

Alec hatte sein Haar in der Mitte gescheitelt und an seinen weißen Hosen ein paar rote Hosenträger befestigt.

»Emily, ich bin froh, daß du mit mir über diesen . . . diesen Fehler in meinem Charakter gesprochen hast.«

Seine Stimme, theatralisch, voll und hallend, ließ Marcus erschauern. »Gefällt es dir?« fragte er Wendy. »Ich hab dir ja gesagt, er ist klasse. Findest du es jetzt doch gut, daß du gekommen bist?«

»Scht.« Sie verschränkte die Beine unter sich und beugte sich vor.

»Immer habe ich zuerst wissen wollen, wo du auf den Tribünen sitzt«, sagte Alec in seiner Rolle als George gerade, »und mit wem, und seit drei Tagen versuche ich nun, dich auf dem Nachhauseweg zu begleiten . . .«

Nach Alecs Vorstellung applaudierten sie alle drei so heftig, daß die Leute, die vorne saßen, sich umdrehten.

»Ich hau ab«, sagte Pfeff. »Unser Freund ist zu gut für diesen abgenutzten Kapitalisten-Traumstoff.« Er nickte Wendy zu. »Tschüß.«

»Ich mag deinen Freund nicht«, sagte Wendy, nachdem Pfeff gegangen war. »Besonders seine Haltung Frauen gegenüber nicht.«

»Ja, na ja.« Marcus Loyalität war geteilt. »Er kann schon rauh sein. Aber im Grunde ist er ziemlich schüchtern.«

Als sie draußen auf den breiten Betonstufen auf Alec warteten, fiel Marcus plötzlich ein, was er Alec über das Mädchen erzählt hatte, auf das er draufgefallen war, und hier war er jetzt ein paar Stunden später mit Wendy. Er fühlte sich etwas unbehaglich bei dem Gedanken, daß Alec vielleicht zwei und zwei zusammenzählen würde und möglicherweise eine Bemerkung fallenlassen könnte. Wendy wäre dann auf jeden Fall überzeugt, daß Marcus ein typisches amerikanisches Großmaul wäre. Andererseits, wenn Alec es begriffen hatte, würde er wahrscheinlich gar nichts erwähnen.

Der sah Wendy an, dann Marcus, und dann nur noch Wendy. »Du bist also ins gute alte Sherwood High gekommen?«

»Nur für dieses Jahr.« Wendy wirbelte ihre Mütze herum. »Dann geh ich auf die Forstwirtschafts-Schule.«

»Wirklich? Willst du ein Holzfäller werden? War nur Spaß«, sagte er gleich darauf und drückte ihren Arm. »Du schaust wirklich nicht wie ein Holzfäller aus.« Er ließ seinen ganzen Charme spielen: mit viel Blick- und Hautkontakt, interessiert, stellte Fragen. Marcus langte nach seiner Pfeife. Alec konnte die Mädchen berühren, ohne sich gleich zum Idioten zu machen.

»Forstwirtschaft ist mehr als nur Bäume fällen«, sagte Wendy.

»Ich weiß; es war eine dumme Bemerkung. Welcher Zweig der Forstwirtschaft interessiert dich denn besonders?«

»Ich will hauptsächlich auch städtebaulich was verändern. Mehr Grünflächen in der Stadt schaffen.«

»Klasse, das ist genau das, was wir brauchen. Ich interessiere mich auch für so was. Die Umweltbedingungen sind eine einzige Katastrophe. Schau dir nur diesen Platz hier an.« Er kickte eine weiße Plastiktasse davon. »Wir könnten so 'ne Baumaktion gleich hier auf der Stelle gebrauchen.« Er ließ sein silbernes Zigarettenetui aufschnappen und bot Wendy eine Zigarette an.

»Ich rauche nicht«, sagte sie fast bedauernd. Und dann: »Aber, warum nicht?« Sie nahm eine Zigarette, aber hielt sie nur einfach in der Hand. Ihre Augen hingen an Alec. »Ich bin sicher, du kriegst die Rolle. Du bist so sicher auf der Bühne, so natürlich.«

»Mal sehen . . .« Alec blies den Rauch von Wendy fort. »Ich hasse dieses Sich-vorstellen-müssen. Ich fühl mich dann immer wie bei meiner Hinrichtung. Bist du an Theater interessiert?«

»Jetzt bin ich es.« Sie glühte.

Im gleichen Moment kamen Terri und noch ein anderes Mädchen die Treppe heruntergestürzt. »Wir haben sie«, rief Terri. »Wir haben die Rollen!« Sie küßte Alec auf den Mund. »Du bist ein Schatz. Wir haben's geschafft! Ich bin Emily und du George.«

Jetzt küßte das andere Mädchen Alec. Marcus erkannte in ihr eine der Emilys. »Es tut mir leid, Pam«, beteuerte Terri ein paarmal.

»Nicht so schlimm«, sagte Pam, »solange ich überhaupt eine Rolle habe. Ich würde sogar das tote Mädchen auf dem Friedhof spielen.«

Die beiden Mädchen zogen Alec die Stufen hinauf. »Vanderhoff will mit dir sprechen.«

»Meine Glückwünsche«, rief Wendy.

Alec drehte sich um. »Wendy, tut mir leid, daß ich so schnell weg muß. Ich seh dich dann in der Schule. Laß uns in Verbindung bleiben. Ich würde mich gern wieder mit dir unterhalten.«

Als sie zum Auto gingen, sagte Marcus, ein wenig bedrückt: »Du hast gerade einen Freund gewonnen.« Terri hatte ihn nicht eines Blickes gewürdigt.

Wendy hängte sich bei Marcus ein. »Zwei Freunde. Einen alten wiedergetroffen und einen neuen dazugewonnen.«

»Alles vergeben?«

»Ach das! Aber klar! Ich bin froh, daß du mich angerufen hast. Es war ein fantastischer Abend.« Ein Lächeln huschte über ihr Gesicht. Sie rollte die Zigarette zwischen ihren Fingern hin und her. »Alec hat eine Freundin, nehm ich an?«

»Ist das dein Ernst, Barrett? Du hast doch die beiden Mädchen gesehen. Alec kann sich vor Mädchen gar nicht retten.«

»Das wundert mich nicht.« Sie steckte die Zigarette ungeraucht in ihre Tasche. »Er ist irgendwie so mitreißend.« Auf ihrem Gesicht lag ein ganz entrücktes Lächeln.

Marcus beschäftigte sich mit seiner Pfeife. Mein Gott, dachte er, Alec hat eine neue Eroberung gemacht.

5

»Ich möchte, daß du Wendy nach dem Abendessen nach Hause fährst«, sagte Sally.

»Krieg ich das Auto?«

»Ich verlange nicht, daß du sie auf dem Fahrrad heimbringst.«

Wendy hatte Sally besucht und war immer noch da, als Marcus nach Hause kam. Sie aßen miteinander Abendbrot, dann gingen Marcus und Wendy.

Zuerst war gar nichts – Wendy erzählte ihm, wie sehr sie Sally mochte. Seine Mutter war klasse, stimmte er zu, aber Wendy mußte auch nicht mit ihr leben. Marcus fühlte sich nicht besonders, er hatte die typische Sonntagabend-Schlechte-Laune. Das Wochenende war vorbei, und was hatte er getan? Es war genau so, wie er befürchtet hatte, die Arbeit für Sweeny wartete immer noch darauf, getan zu werden. Sobald er Wendy heimgebracht hatte, würde er sich darüber hermachen.

Das Geplauder verstummte bald. Wendy wurde still und er auch.

»Hier sind wir«, sagte er und hielt vor ihrem Haus. »Wenigstens hab ich dich heil nach Hause gebracht.«

»Du bist ein recht guter Fahrer.« Wendy suchte ihr

Buch und kontrollierte, ob die Fotos, die Sally ihr gegeben hatte, noch drin waren. »Hast du sie gesehen?« Sie zeigte ihm die Fotografien. Es waren Schnappschüsse von Wendy und Grace, von Sally und Marcus, und eines, das ihn verlegen machte, von Wendy und ihm, wie sie bei einer Schaukel standen. Er mußte zehn oder elf gewesen sein, in seiner fetten Zeit. Er hatte kein Hemd an, und man konnte das Fett deutlich sehen – er hatte zwei richtige kleine Brüste wie ein Mädchen. Er wünschte, sie hätte nicht dieses Foto, aber er gab es ihr ohne Kommentar wieder zurück.

»Danke fürs Heimfahren«, sagte Wendy und öffnete die Tür, aber dann blieb sie doch sitzen. »Ich mag einfach nicht reingehen«, sagte sie. »Sie sehen gerade fern. Ich kann das Licht sehen. Das geht mir jedesmal so.«

»Ich dachte, du magst deine Tante?«

»Ich mag sie auch, sogar unheimlich gern, und sie ist furchtbar nett zu mir.« Wendy ließ die Tür wieder zufallen. »Sie sagen immer, ich soll kommen und mich zu ihnen setzen, aber eigentlich sind sie alleine vollkommen glücklich. Ich hab nie gedacht, wie einsam es sein würde, nicht mehr zu Hause zu wohnen. Obwohl ich nicht mit meiner Mutter zusammenleben konnte, vermisse ich sie. Fühlst du dich jemals einsam, Marcus? Wahrscheinlich nicht. Du hast so viele Freunde.«

»Nicht direkt einsam«, sagte Marcus. Es gab Momente, wo er die Einsamkeit überall spürte. Er wußte nicht genau, warum, aber er hatte es immer damit in Verbindung gebracht, daß er ohne seinen Vater aufgewachsen war. »Es gibt einfach nur Dinge, die ich niemandem erzähle.«

»Das ist das Gefühl der Einsamkeit, oder?« meinte Wendy. »Diese Dinge, die man für sich behält.« Sie saßen schweigend da. »Wäre es nicht schön«, sagte Wendy nach einer Weile, »wenn wir solche Freunde sein könnten, die sich alles sagen können? Meinst du, daß das möglich ist, Marcus?«

In diesem Moment war er überzeugt davon. »Ja«, sagte er.

Die Dinge, über die er sich mit ihr unterhielt, erstaunten ihn. Gefühle. Irgendwie berührte es ihn, und er fühlte sich ihr sehr nahe.

Als er nach Hause kam, dachte er, er könne jetzt arbeiten. Sally schlief schon, die Wohnung war dunkel: Die Zeit war geradezu ideal. Aber anstatt zu arbeiten, ging er hinauf aufs Dach und schaute sich die Sterne an. Später saß er in der Küche, las und aß das restliche Lammfleisch auf.

Am nächsten Morgen wachte er mit einem drückenden Gefühl in der Magengrube auf. Sweenys Aufgabe war für heute zu machen gewesen, und er hatte noch kein einziges Wort geschrieben. Er murrte. Er war der verkörperte Zauderer. Alles schob er auf den nächsten Tag. Na gut, jetzt gab es keinen nächsten Tag mehr. Es hieß heute oder sterben. Es war immer noch früh am Morgen. Er sprang auf, fand sein Notizbuch und ging wieder ins Bett zurück. Erfinde einen Charakter, einen richtigen Egozentriker, der denkt – nein, der weiß – er ist der Größte, ein Typ ohne Zweifel, Fragen oder Unsicherheit. Vic. Victor Gorman. Gut.

Er schrieb es auf. Wie würde sich Victor Gorman bei jemandem wie Bev Kruger verhalten? Marcus mußte nur an Mädchen denken, und dieses wahnsinnige Gefühl im Bauch erwachte. Regelmäßig . . .

Arbeite, befahl er sich. Benimm dich, wie es sich für jemanden in deinem Alter gehört. Du hast eine Aufgabe zu erledigen. Du bist zu alt für so etwas. Aber dann fühlte es sich einfach zu gut an. O Gott, o Gott . . . Ah, jetzt . . . Ah, verdammt . . .

Er kam wieder auf die Erde zurück, wurde sich des Geruchs, der Wärme, der Müdigkeit in seinem Unterleib bewußt. Aus dem Bett, vor sich hin murmelnd, wechselte er die Wäsche. Siebzehn Jahre, und sich immer noch aufführen wie ein Geisteskranker. Er war nicht gerade stolz darauf . . . Onanierer! Fast alles, was bei ihm nicht stimmte, hatte einen lateinischen Namen, wie eine Krankheit. Konnte kein Mädchen kriegen. Was war wohl dafür das lateinische Wort?

Er dachte den ganzen Weg zur Schule über diese Arbeit für Sweeny nach, dann setzte er sich in den Aufenthaltsraum und begann zu schreiben.

»Hallo, Rosenbloom!« Gordy ließ seine Bücher auf Marcus Tisch fallen wie eine Bombe. »Was machst du denn da?«

Marcus grunzte. Er versuchte weiterzuarbeiten, aber es war unmöglich. Während der ersten Hälfte der Mathe-Stunde konnte er gar nichts zustande bringen. Nach der Stunde faßte er Gordy an seiner Krawatte und zog dessen cleveres Puddinggesicht ganz nah an seines. »Sag Bastido, daß ich nicht in Chemie kommen kann. Sag ihm, daß ich krank bin. Wenn er mich kontrollieren will, ich bin im Klo.«

Gordy zog seine Krawatte wieder fest. »Wirklich krank? Oder simulierst du wie üblich?«

Simulieren: Noch mehr Latein. »Ich bin im Klo, bis ich die Arbeit für Sweeny fertig habe.«

Er fand eine freie Kabine und verklemmte die Tür mit seinen Knien. Das war der beste Platz zum Schreiben: ein winziger Raum, uninteressante, farblose Wände, eine

Tür, die er versperren konnte, niemand, mit dem man sich unterhalten konnte, nichts anzusehen.

Leute kamen und gingen. Die Toilette füllte sich mit Rauch, Spülungen wurden gezogen, Türen schlugen, Stimmen ertönten.

Zur Mittagszeit kamen seine Freunde und schauten sich nach ihm um. »Marcus? Marcus Aurelius Rosenbloom?« rief Alec in theatralischem Tonfall. »Bist du da drin?«

»Vielleicht ist er fortgespült worden«, sagte Pfeff.

Marcus schob seine Zehe hinaus. »Dies ist ein Studierzimmer. Haltet das Maul!«

»Was tust du denn da drin?«

»Eierlegen. Was denkt ihr denn? Arbeiten, natürlich.«

»Das Genie bei der Arbeit«, sagte Gordy. »Willst du nichts essen, Genie?«

»Bringt mir zwei Milch, ein Müsli und einen Hamburger.«

Pünktlich zum Stundenbeginn marschierte er in Sweenys Klasse und überreichte ihm fünf eng beschriebene Seiten, stellenweise durchgestrichen und ein bißchen verknittert. »Hier bitte«, sagte Marcus und glättete die Seiten noch ein bißchen. »Werden sie es gleich lesen?«

»Gleich?«

»Na ja . . . nach der Stunde.«

»Ich werde mich daran machen, sobald es mir möglich sein wird, Mr. Rosenbloom.«

Marcus begegnete Bev Krugers Blick und zwinkerte, dann setzte er sich ihr gegenüber, ließ sein Bein schwingen, fühlte sich unwiderstehlich, voller Begabung, voller Liebe und Lust. »Bev, jetzt, wo ich ein Meisterstück geschrieben habe, sollten du und ich etwas tun, um das zu feiern.«

Bev rümpfte die Nase. »Ich glaube nicht, daß mir deine Vorstellungen von feiern zusagen.«

»Bev!« Er legte seine Hand aufs Herz. »Es ist mein Ernst.« Er versuchte, seine Augen sagen zu lassen: *Ich liebe dich ganz fürchterlich. Ich liebe dich leidenschaftlich.* Oh, er liebte Bev, liebte diesen üppigen Körper.

Dann begann die Stunde. Das Feuer in Marcus brannte nicht nieder. Jedesmal, wenn Sweeny etwas sagte, hatte Marcus einen Kommentar, eine Bemerkung, eine Frage. Er war in seiner aufgekratzten, schlagfertigen Stimmung. »Der Prozeß des Schaffens«, verkündete er gerade, »ist sexueller Natur. Sexuell sublimiert.« An einer anderen Stelle sagte er: »Der Schaffende muß an sich selbst glauben; oder meinen Sie, daß Gott zweifelte?« Und das war noch nicht das Ende. Nach der Stunde folgte er Bev aus dem Zimmer, immer weiter redend, als ob er etwas getrunken hätte.

»Ich könnte dir bis ans Ende der Welt folgen«, sagte er über ihre Schultern, fasziniert von der Art und Weise, wie der rote Pullover ihre Figur zur Geltung brachte. Er hatte das Verlangen, sie anzufassen und in ihre sommersprossigen Arme zu beißen. Er fühlte sich genauso, wie manchmal, wenn er auf dem Dach eines Gebäudes stand und das Verlangen hatte hinabzuspringen. Er wollte es tun. Er lehnte sich zu ihr. Sie wich ihm aus. »Laß uns von Liebe und Leidenschaft sprechen«, sagte er. »Wir sperren uns zusammen in deinen Schrank und warten ab, was passiert.«

»Komm, fall jemand anderem auf die Nerven, ja?« Ihre Sommersprossen schienen zu funkeln. »Was ist denn heute mit dir los?«

Er mußte sich bremsen. Er war zu weit gegangen. Er segelte schon auf dem offenen Meer, und sie saß immer noch an der Küste. Hör auf! befahl er sich, und er hörte auf – fast. »Lebewohl, schöne Beverly«, sagte er, und mit einem sehnsuchtsvollen Blick zurück schritt er durch die Eingangshalle und pfiff den Colonel Bogie Marsch durch die Zähne.

6

Draußen sah Marcus Wendy laufen. »He, Wendy!« Sie winkte, lief aber weiter, und er mußte rennen, um sie einzuholen. Es war Mittwoch, und er hatte sie seit Sonntag nacht, als er sie heimgefahren hatte, nicht mehr gesehen. Aber das Gespräch, die Wärme hatte er noch in Erinnerung. Zwischen ihnen hatte sich irgendwas entwickelt, die Barriere des Mißtrauens war beseitigt. Sie waren richtige Freunde.

»He, Wendy, warte doch.«

»Dein Freund Alec!« sprudelte sie los. »Er ist im Flur direkt an mir vorbeigelaufen, als ob ich unsichtbar wäre.«

»Wann?«

»Heute, gerade vorhin, vor dem Biologieraum.«

»Er hat wohl grad an etwas anderes gedacht.«

»Ich war so nahe wie jetzt zu dir!«

»Er hat manchmal Schwierigkeiten mit den Augen.«

»Ach komm, Marcus, er hat einfach vergessen, wer ich bin.«

»O nein, er hat mich alles über dich gefragt. Woher ich dich kenne, woher du kommst.«

»Was hast du ihm gesagt?«

»Ich hab ihm gesagt, daß du ein guter Freund für mich bist.«

»Ein leicht übersehbarer Freund.«

»Ich hab ihm gesagt, daß ich dich schon lange kenne.«

Wendy schnitt ein Gesicht. »Ich glaube dir nicht. Du willst nur nett zu mir sein.«

»Nein, es ist wahr«, sagte Marcus. »Ich habe nichts erfunden.«

Aber was er nicht sagte, war, was Alec sonst noch gesagt hatte. Er hatte erraten, daß Wendy das Mädchen war, auf das Marcus gefallen war. »Bleib am Ball, Junge«, hatte Alec gesagt. »Das ist guter Stoff.« Marcus hatte darauf bestanden, daß er und Wendy nur Freunde wären, aber Alec meinte, daß es so etwas zwischen Mann und Frau nicht gäbe. »Sie sind entweder Verwandte, oder sie sind Stoff.« Das wollte Marcus Wendy nicht erzählen.

Er wollte sagen: Gib nicht auf. Aber warum? Sollte Alec es ihr doch selbst sagen. Warum sollte er für Alec Entschuldigungen suchen? »Was sagst du zu einem Eis und ein bißchen netter Unterhaltung?« wechselte er das Thema. »Hast du Zeit?«

Sie nickte und brachte ein Lächeln zustande. »Ich muß das Abendessen für meine Tante vorbereiten, aber ich hab noch mindestens eine Stunde Zeit.«

Sie setzten sich auf eine Bank in der großen Passage und aßen ihre Eiscreme-Tüten, während sie die Leute beobachteten, die in ihren Wintermänteln vorbeikamen.

»Die sehen so müde aus«, sagte Wendy. »Schau dir die Schaufensterpuppen in den Sommerauslagen an, und dann die Leute, wie traurig die aussehen.«

Marcus nickte, aber seine Gedanken waren woanders. Er dachte daran, wie er sich am Montag aufgeführt hatte, nachdem er Sweeny seine Arbeit gegeben hatte. Er hatte getan, als ob er der Größte sei, fantasiert, was für eine unglaubliche schriftstellerische Leistung er vollbracht hätte.

Drei Tage waren seitdem vergangen, und Sweeny hatte kein einziges Wort darüber verloren. Er wußte, was Sweeny sagen würde, wenn er ihm die Arbeit zurückgab. Rosenbloom, würde er sagen, ein Fliegenschiß hat mehr Talent als Sie.

Er war ein Angeber! Jedem zu erzählen, er sei ein Schriftsteller, immer mit einem aus der Tasche ragenden Notizbuch herumzulaufen. Wie konnte er ein Schriftsteller sein? Wie konnte er den Nerv haben zu sagen, er sei überhaupt irgendwas? Wenn er sagte, er sei ein Schriftsteller, weil er immer ein Notizbuch dabei hatte, dann konnte er genausogut sagen, er sei ein Rechtsanwalt, weil er sich gerne herumstritt, oder ein Arzt, weil er sich Splitter aus der Haut zog.

»Was ist los, Marcus?«

»Ach, ich mach mir Gedanken wegen der Arbeit, die ich für Sweeny geschrieben habe.«

»Ich bin sicher, sie ist gut.«

»Du hast sie nicht gelesen«, sagte er düster.

»Ach komm, was ist mit uns bloß los?« Wendy stieß ihn an. »Diese düsteren Sitzungen. Ich glaub, manchmal überlassen wir uns ganz gerne dem Weltschmerz.«

»Überlaß dich doch dem Weltschmerz«, sagte Marcus. Er schnippte mit den Fingern. »Wenn du traurig bist und fertig, dann überlaß dich doch dem Weltschmerz.« Er schnippte wieder mit den Fingern und biß dann die Spitze seiner Eistüte ab.

»Jetzt hast du den Salat«, sagte Wendy. »Nun hält das Eis nicht mehr in der Tüte, und alles wird unten rauskommen.«

»So ist das Leben«, sagte Marcus. »Es wird einem immer der Boden unter den Füßen weggezogen.«

»Aber Keep Smiling«, sagte Wendy.

»Gib nicht auf«, sagte Marcus. Jetzt kam eine Redensart nach der anderen. »Laß dich nicht unterkriegen.«

»Nach jedem Regen kommt wieder Sonnenschein.«

»Lächle«, sagte Marcus, und Wendy lächelte. »Weine« – Wendy zog ihre Mundwinkel nach unten – »und du weinst allein.«

»Das hat gutgetan«, sagte Wendy und stand auf. »Aber jetzt muß ich gehn.«

»Ich geh noch ein Stück mit dir.« Seltsame Dinge passierten. Sie unterhielten sich, er fühlte sich wohl, und er dachte nicht jeden Moment an Sex. Manchmal hatte er das Gefühl, daß dieses dauernde Beschäftigen mit Sex sein Leben irgendwie verzerrte. Er wollte doch gar nicht die ganze Zeit nur auf die Brüste der Mädchen schauen, aber seine Augen landeten einfach immer dort. Wenn er nur ein Stückchen Haut erblickte, tat sein Herz einen Sprung. Sogar Witze über Sex, die er blöd fand, riefen eine Reaktion bei ihm hervor, die er nicht unter Kontrolle bringen konnte.

»Über was sprechen wir jetzt?« fragte Wendy. »Den traurigen Bereich haben wir genügend abgedeckt.«

»Und dumme Redensarten auch«, sagte Marcus.

»Und wie gut das Gedächtnis von Alec ist. Fast so gut wie seine Augen. Ach, ich weiß auch nicht, weshalb mir das etwas ausmacht. Ich bin wahrscheinlich nicht die Art von Mädchen, an die Jungens sich erinnern.«

»Und hier kommt der Weltschmerz wieder.« Marcus schnippte mit den Fingern. »Zeit, sich ihm zu überlassen.«

Wendy gab sich selbst einen Klaps. »O nein, bin ich schon wieder dabei? Komm, wir sprechen über etwas Erfreulicheres, über Sex zum Beispiel.«

»Was ist daran erfreulich?«

»Du sprichst wie ein alter, abgehalfterter Perversling. Erzähl mir lieber, auf welche Art Mädchen Alec einsteigt.«

»Groß, blond und Typ California.«

»Toll, das schließt mich aus.«

»An deinem Aussehen gibt es nichts auszusetzen.«

»Danke, mein Freund. Marcus, wenn du ein Mädchen anschaust, was fällt dir auf? Was magst du besonders? Persönlichkeit? Humor? Was?«

»Was soll denn das jetzt? Ein Ratespiel? Vielleicht das Heirats-Spiel?«

»Antworte lieber.«

»Die Knie«, sagte er.

»Knie! Ich hätte es wissen sollen. Du bist pervers. Gefallen dir meine Knie? Wie würdest du sie auf einer Bewertungsskala zwischen 1 und 10 einstufen?«

»Das kann ich wirklich nicht sagen, wenn du diese Jeans anhast.«

»Ich kann sie hier nicht ausziehen, Herzchen. Oh, du wirst ja rot. Du bist wegen mir rot geworden.«

War er rot geworden? Seine Hand fuhr zu seiner Wange. Er hatte nicht rotwerden wollen. »Jungens werden nicht rot«, sagte er. »Mädchen werden rot, Barrett. Jungen erröten höchstens leicht.«

»Aber ernsthaft, Marcus, was gefällt dir an Mädchen?«

»Zweimal B und einmal P – Busen, Beine, Po.«

»Ihr Jungs seid alle gleich. So eine Betonung auf Körperteile, als ob ihr über ein Auto reden würdet. ›Große Scheinwerfer!‹ ›Tolle Schlußlichter!‹ ›Irre Stoßstangen!‹ Also wenn du mich fragen würdest, was ich an einem Jungen mag, ich würde ihn nicht in seine Einzelteile zerlegen. Ich mag die ganze Person.«

»Was gefällt dir denn dann an Alec?«

»Oh, ich mag seine Augen.«

»Na komm schon, Wendy, Einzelheiten, oder ich muß dich in Einzelteile zerlegen, aber richtig.«

»Na gut, ich gebe zu, ich habe gemerkt, daß er einen süßen kleinen Hintern hat.«

»Keine Einzelteile, was?«

Sie sahen sich an und mußten lachen. »Hast du eigentlich irgendwelche Fantasien, wenn du an Mädchen denkst?« fragte Wendy. »Es würde mich wirklich interessieren, an was Jungs so denken.«

»Du redest wie ein Soziologe. Klar hab ich Fantasien. Andere als du natürlich.«

»Wie willst du wissen, was in meinem Kopf vorgeht?«

»Also gut, ich nehm's zurück.« Aber er konnte sich nicht vorstellen, daß noch irgend jemand solche Träume haben könnte wie er.

»Ich nehme an, deine abscheulichen Träume machen dich geil?« sagte sie.

Marcus merkte, wie er wieder rot wurde. Er wußte nicht, wieviel Erfahrung Wendy hatte, aber nach der Art, wie sie redete, hatte er das Gefühl, sie sei erfahren. Wann hatte er sich jemals zuvor mit einem Mädchen darüber unterhalten? Mit Alec vielleicht, aber nicht einmal Alec hatte er seine Träume erzählt. »Meine Träume sind privat«, sagte er. »Streng vertraulich. Nicht für den öffentlichen Gebrauch bestimmt.«

»Ach komm«, drängelte sie. »Was könnte mir mein Freund erzählen, was ich nicht verstehen würde?«

»Du wärst überrascht. Ich habe eine häßliche, gemeine Fantasie.«

»Also gut, dann eine andere Frage: Bist du der Meinung, ein Mädchen sollte noch Jungfrau sein?«

Also war seine Vermutung richtig. Sie war keine Jungfrau mehr und wollte ihn dieses interessante Detail wissen lassen. »Oder findest du, die Mädchen sollten Erfahrung haben?«

»Mir egal«, sagte er, verlegener, als er zeigen wollte. »Mir ist jedes Mädchen recht.« Na, war das nicht smart? Das zeigte wirklich seine Schlagfertigkeit.

»Wie war das denn mit den Mädchen, mit denen du aus warst?«

»Ach komm, hör jetzt auf damit.« Holte sie nun ihre Strichliste heraus und beglückte ihn mit ihren Erfolgen?

»Was ist los?« fragte Wendy.

»Gar nichts!« Er fühlte sich nicht besonders wohl. Jetzt gaben die Mädchen schon damit an, wie toll sie waren.

»Ich versteh überhaupt nicht, wieso du so sauer wirst. Hab ich was Falsches gesagt? Ich weiß ja, daß ich zuviel rede. Rede ich zuviel?«

»Schau mal –«, er machte eine Pause. Einerseits wußte er jetzt nicht weiter, andererseits wollte er dieses Verhör endlich beenden. Also sagte er: »Ich hab nicht soviel Erfahrung.« Das mußte genügen. Sollte sie denken, was sie wollte.

»Aber du hast Erfahrungen?«

»Nicht so viel«, sagte er widerwillig.

»Also, wieviel?«

»Wieviel hast du?«

»Das ist Privatsache«, sagte sie.

»Bei mir auch.«

Wendy sah ihn an. »Wir trauen uns beide nicht, es zu sagen, oder?«

»Ich weiß nicht, wovon du sprichst.«

»Also gut, ich werde es sagen. Meine Erfahrungen sind gleich Null. Schau nicht so schockiert, Marcus. In Buffalo läuft's nicht so ab wie sonstwo. Ich hab halt so ein bißchen rumgemacht, sonst nichts. Du bist nicht sonderlich beeindruckt. Ich auch nicht.«

»Buffalo ist nicht die einzige Wüste auf der Welt«, sagte er.

Sie begriff, was er meinte.

»Ist das wahr?«

»Weshalb ist das so schwer zu glauben? Denkst du, jeder Typ ist schon ein Experte?«

»Ich weiß nicht. Nur, ihr Typen, ich dachte ... Ich schau Jungens an und denke mir, sie wissen alle Bescheid. Alec zum Beispiel, weißt du, er verhält sich so erfahren.« Sie lachte.

»Zufällig ist es auch so, daß Alec tatsächlich erfahren ist, verstehst du?«

»Also, wir sind da.« Sie waren an ihrem Haus angelangt. Hatte sie das von Alecs Erfahrungen mitgekriegt?

»Sex ist nicht so wahnsinnig wichtig«, sagte sie. »Versteh mich nicht falsch, ich weiß, daß er wichtig ist, aber es gibt noch mehr als nur Sex. Ich hab meine Gelegenheiten gehabt – nicht viele, aber die Typen haben mich einfach krank gemacht, sie haben sich wirklich saublöd aufgeführt deswegen. Meinst du nicht, daß man dazu jemand besonderen braucht? Jemand, der einem wirklich nahe ist. Manchmal hab ich das Gefühl, daß ich so jemand niemals finden werde, und das ist ganz schön traurig.«

»Das glaube ich nicht«, sagte Marcus. »Ich denke, wenn man etwas nur stark genug will, dann passiert es auch.« Aber warum war es dann bei ihm noch nicht passiert?

»Ich würde gern glauben, daß am Schluß alles gut ausgeht, aber es ist eben nicht für jeden so.« Sie war jetzt wieder ernst. »In manchen Leuten liegt eine gewisse Einsamkeit.«

»Du wirst jemanden finden«, sagte Marcus. »Du wirst schon sehen. Jeder findet jemanden.« O du freundlicher Dr. Freud. »Wenn ich noch mehr sage, dann muß ich dir eine Rechnung stellen, und Sexologen sind nicht billig.«

»Was ich in der Passage schon gesagt habe. Manche Leute sind eben ihr ganzes Leben lang traurig. Sie verbergen es, aber es ist immer da. In meinen vernünftigen Augenblicken weiß ich, daß das der Grund ist, weshalb meine Mutter immer von Mann zu Mann rennt. Na ja, ich geh jetzt besser. War schön, mit dir zu reden, Marcus.«

Er drehte um in Richtung Heimat. Mit Wendy zu reden, war in jeder Minute eine Überraschung. Sie schien kaum registriert zu haben, was er da vorhin gestanden hatte, etwas, was er noch niemand auf der Welt vorher erzählt hatte. Er hatte zugegeben, daß er noch unschuldig war. Das war nicht unbedingt etwas, das er so ohne weiteres erzählte.

7

»Meine Damen und Herren«, sagte Mr. Sweeny, »ich habe mir jede Ihrer Arbeiten mindestens zweimal angesehen. Sie haben mir eine Reihe von interessanten Charakteren vorgestellt. Ich wußte gar nicht, daß es hier noch so viele gibt.« Sweenys kleiner Scherz. »Zuerst lese ich Ihnen einen Teil aus Miss Krugers Arbeit vor – eine der besten.«

Marcus kritzelte wild am Rande seines Papiers herum. Welche Arbeit war seine? Wo war sie, oben oder unten? Heute fing Sweeny mit den besten Arbeiten an, verteilte sein Lob, hob sich die schlechtesten für den Schluß auf.

Bev hatte über ihre Schwester geschrieben, die Skoliose

hatte, Rückgratverkrümmung, und deren ganzer Körper sich in einem Verband befand. »Gayle hat die letzten sechs Monate im Krankenhaus verbracht«, las Sweeny. »Sie macht jeden Tag Hausaufgaben und liest den anderen Patienten die Zeitung vor, obwohl sie flach auf dem Rücken liegt. Ihr ganzer Kopf ist in Verbänden eingewikkelt. Sie hatte es satt gehabt, daß die Leute sie immer für einen Jungen hielten, also hat sie einen Aufkleber an ihrem Rollstuhl angebracht, auf dem steht: ›Hey Jungens, ich bin ein Mädchen!‹«

Wie er so zuhörte, fühlte Marcus leichten Neid in sich aufsteigen, daß er nicht so etwas Gutes gehabt hatte, worüber er schreiben konnte, nichts so Wirkliches. Und auch beschämt, daß er Bev niemals mit etwas anderem als Sex in Verbindung gebracht hatte.

»Miss Kruger hat über jemanden geschrieben, den sie kennt. Sie hat eine gute Beschreibung abgegeben. Sie hat unser Interesse und Mitgefühl für ihre Schwester geweckt.« Hohes Lob. Marcus sank tiefer in seinen Stuhl.

Mr. Sweeny fuhr fort, über die verschiedenen anderen Arbeiten zu sprechen. Eine war von einem Mädchen namens Helen Wing. »Miss Wing schrieb über ihre Cousine Bovis, eine Dame, die Fisch liebt und wie ein Lastwagenfahrer redet, falls das immer noch die Art und Weise ist, wie Lastwagenfahrer reden. Mr. Katz, Ihre Arbeit war auch sehr gut. Ihre Tante scheint ein interessanter Mensch zu sein.«

Marcus kritzelte weiter, so heftig, daß der Stift das Papier aufriß. Von jetzt ab wurde es nur schlechter. In seiner Verzweiflung beschloß er, daß Sweeny überhaupt nichts vom Schreiben verstand. Wieso sollte Marcus ihm eigentlich zuhören? Was immer Sweeny sagen mochte, es hatte auf ihn keinen Einfluß mehr.

Sweeny besprach jede Arbeit, nahm sich Zeit, ging durch das Zimmer, gab die Arbeit zurück, wenn er damit fertig war. Marcus wußte jetzt, daß seine Arbeit ganz unten im Stoß war, so weit unten, daß Sweeny wahrscheinlich Schwierigkeiten hatte, sie überhaupt zu finden.

»Jetzt will ich Ihnen aus der letzten Arbeit vorlesen. Der Verfasser dieser Arbeit hat eine interessante Mischung von Wahrheit und Fiction geschaffen; die Übertragung einer Charakterstudie auf eine konkrete Person, für die man in seltsamer Weise beginnt, Mitgefühl zu entwickeln. Victor Gorman ist selbstsüchtig und egoistisch, nicht übermäßig intelligent, aber auf seine Art so vollkommen ernsthaft. Vielleicht ist das die Hauptsache.« Er nahm Marcus Arbeit. Marcus wollte aufstehen und den Raum verlassen. Ihm war schlecht. Er wollte sich das nicht anhören.

»›He, ich wette, Sie denken, ich rede ganz schön viel über mich selbst‹«, las Mr. Sweeny. Der Klang seiner eigenen Worte sandte Marcus einen Angstschauer über den Rücken. Aber, Gott, es war gut, seine eigenen Worte vorgelesen zu hören, als ob sie zählten. »›Eine ganze Menge Leute sagen: He, dieser Victor Gorman ist verdammt eingebildet . . .‹«

War es gut? Hatte er das geschrieben? Die Klasse lachte. War es lustig? Worüber lachten sie?

»›Ich weiß, die Leute reden hinter meinem Rücken. Die Menschen sind neidisch auf Erfolg, und ich war sehr erfolgreich bei Frauen . . .‹«

Wußten sie, daß das seine Arbeit war? Vielleicht war sie gut.

Draußen, nach der Stunde, versuchte Marcus, Sweenys Gekritzel unter seiner Arbeit zu entziffern. »Wenn Sie bereit sind, weiter zu arbeiten, könnte dies eventuell zu veröffentlichen sein. Kommen Sie bei Gelegenheit in meine Sprechstunde.«

Zu veröffentlichen – veröffentlicht werden. Seinen Namen gedruckt sehen. Das war etwas, wovon er geträumt hatte, aber tatsächlich ernst genommen zu werden ... Es war wirklich und unwirklich zugleich. Was Sweeny da geschrieben hatte, ängstigte ihn genauso, wie es ihn aufregte. Marcus erzählte jedem, er sei Schriftsteller, aber eigentlich hatte er gar nicht gewußt, was er überhaupt war. Er sah sich nach jemandem um, dem er es erzählen konnte, sah Wendy durch das Fenster der Bibliothek und ging hinein. Er ließ sich auf den Stuhl neben ihr fallen und zeigte ihr die Arbeit mit Sweenys Kommentar.

»›Könnte dies eventuell zu veröffentlichen sein‹«, las sie. »Das ist ja wundervoll, Marcus. Ich wette, du gehst wie auf Wolken.«

»Sweeny hat übertrieben.«

»Nein, hat er nicht. Lies doch noch mal, was Sweeny meint. Es ist gut! Du hast selbst gesagt, daß du findest, es ist gut. Sweeny hat es gelesen, und er hat es gewußt.«

»Es gibt immer noch genug zu tun«, sagte der Autor bescheiden.

»Wo willst du es veröffentlichen?«

»Im Playboy!«

»Du liest doch nicht etwa den Playboy?«

Marcus nahm ihr seine Story weg. »Meinst du, ich schau mir diese schlüpfrigen Bilder an?«

»O Marcus, du lügst wirklich bewundernswert. Aber wäre es nicht trotzdem ein toller Erfolg, wenn sie deine Story veröffentlichen würden?«

Seine Gedanken machten einen Sprung: Die Redaktionsräume des Playboy . . . tolle Frauen . . . wichtige Telefonanrufe . . . Einladungen für den vielversprechenden jungen Autor . . . Schwimmen im Playboy-Pool . . .

»Sie werden mich wahrscheinlich von der Schule schmeißen, aber ich werde vorher gehen. Ich denke darüber nach: mit der Schule aufhören und nur noch schreiben.« Er nahm einen Kugelschreiber und steckte ihn in seinen Mundwinkel. Marcus Rosenbloom Hemingway.

»Es würde ganz schön Mut erfordern, das zu tun«, sagte Wendy, »soviel Selbstvertrauen zu haben.«

»Ich weiß«, sagte er. Es war etwas passiert, was er noch nicht ganz verarbeitet hatte. Jemand – nein, Sweeny – hatte gelesen, was er geschrieben hatte, und gesagt: »Was du geschrieben hast, könnte veröffentlicht werden.« Das hieß, was er schrieb, war für andere Leute von Interesse. Es hieß, daß er mehr schreiben sollte. »Ich werde schreiben«, sagte er zu Wendy. Sein ganzes Leben würde neu organisiert werden, und zwar mit Schreiben im Mittelpunkt. Kein Hinter-Mädchen-hersein mehr, nicht mehr herumstreunen und sein Leben vergeuden. Er hatte eine Aufgabe zu erfüllen. Schule war unwichtig, die Kurse, die er nahm, Trigonometrie, Chemie, sogar der Schulabschluß – alles unwichtig. »Wenn man weiß, wohin man zu gehen hat, so geht man seinen Weg. Alles andere ist ohne Bedeutung.«

Die Idee wuchs, während er sprach. Wenn seine Mutter sich zu sehr aufregte, so würde er ausziehen. Er brauchte nur ein Zimmer zum Schlafen und Schreiben. Er würde sich einen Job suchen, als Kellner, als Tellerwäscher; er würde so einfach leben wie ein kleiner Lehrling. In Gedanken war er bereits ausgezogen. Er war unabhängig, arbeitete und schrieb. Alles würde sich zusammenfügen. Frauen würden sich um ihn scharen, das kämpfende Genie.

Erst als er allein war, kehrte er wieder auf den Boden der Realität zurück. Er hatte sich davontragen lassen. Würde der Playboy seine Story annehmen? Würde er es wagen, die Schule zu verlassen? Aber trotz alledem, die Idee blieb.

»Erinnerst du dich an die Arbeit, die ich für Sweeny zu machen hatte?« Marcus traf seine Mutter in der Stadt zum Mittagessen und erzählte ihr, was Sweeny meinte und unter seine Arbeit geschrieben hatte. »Was sagst du dazu?«

Sally schlürfte ihre Suppe. »Ich finde es wundervoll. Du mußt eine Eins dafür bekommen haben.«

War das nicht typisch für seine Mutter, nicht zu verstehen, worum es überhaupt ging? »Die Eins ist uninteressant.« Er machte eine Pause, nahm einen Schluck Wasser. »Es ist mehr als eine Eins. Ich sollte mehr schreiben, nicht meine Zeit in der Schule verschwenden.«

»Du schreibst ja. Du hast einen sehr interessanten Kurs belegen können. Du warst doch von deinem Lehrer so begeistert.«

»Sweeny ist großartig, aber er ist nur ein Lehrer.« Er wollte ihre Zustimmung und war aufgebracht darüber, daß er sie brauchte. »Ich will aufhören.«

Das ließ sie im Essen innehalten. »Ich kann nicht glauben, daß das dein Ernst ist. Dir hat die Schule doch immer Spaß gemacht.«

»Ich werde jeden Tag schreiben«, sagte er. »Jeden Tag, alle Tage.«

»Jeden Tag schreiben? Sei doch realistisch«, sagte Sally. »Es ist dir doch nicht möglich, auch nur dreißig Sekunden still zu sitzen.«

»O nein!« Konnte sie denn nichts anderes in ihm sehen

als ein freches, unruhiges Kind? »Ich möchte mein eigenes Leben beginnen; kannst du das denn nicht verstehen?«

»Du redest immer über das Leben«, sagte seine Mutter, »als ob du der einzige wärst, der darüber Bescheid wüßte. Meinst du nicht, daß ich vielleicht auch ein klein wenig mitreden kann?«

»Kein Kommentar«, entgegnete Marcus.

»Marcus, nur noch drei Monate, und du bist mit der Schule fertig. Dann kannst du aufs College. Ohne einen Abschluß hast du nirgendwo auch nur irgendeine Möglichkeit.«

»College! Ist das alles und das einzige, was man tun kann? Wo bleibt das Abenteuer? Wieso kann ich nicht einfach irgend etwas anfangen und sehen, was dabei rauskommt? Wieso soll ich nicht einfach mal ausprobieren, ob ich es schaffe oder nicht? Schau mal, Sally –« Er merkte, daß sie es nicht verstand, und er fing an, unruhig zu werden. Cool bleiben, sagte er sich, benimm dich ganz normal. Er probierte seine Suppe. »Wie ist deine Suppe, Sally?« Er sprach betont ruhig. »Meine ist wirklich ausgezeichnet.« Er nahm wieder einen Löffel. »Ich möchte über diese Angelegenheit ganz ruhig sprechen. Schreiben ist Arbeit, Sally. Ich will die Schule nicht verlassen, um mich herumzutreiben. Ich werde Tag und Nacht arbeiten.«

»Ein Schriftsteller muß sehr talentiert sein.«

»Und du denkst, ich hab nicht mehr Talent als ein Fliegenschiß!« Er schob seine Suppe mit einer heftigen Bewegung zur Seite und verschüttete dabei die Hälfte.

»Schau nur, was du gemacht hast, kannst du nicht ein bißchen aufpassen?«

»Wann zum Teufel wirst du aufhören, mich wie ein launenhaftes Kleinkind zu behandeln?«

Sally suchte nach ihrem Geldbeutel. »Ich gehe jetzt«,

sagte sie. »Ich hab keine Lust, mich mit dir zu unterhalten, solange du dich so aufführst.«

»Du willst mich jetzt also einfach hier sitzenlassen?« Er flüsterte. Beherrschung, was er brauchte, war Selbstbeherrschung. »Ich möchte nicht, daß du jetzt einfach so gehst. Ich möchte die Sache geregelt haben, und zwar jetzt!«

Sie war wütend; er wußte, wie wütend sie war. »Ich habe nicht gesagt, daß du dir nicht vornehmen sollst, Schriftsteller zu werden. Ja, man braucht Talent dazu. Und eine einzige Arbeit an der High School ist nicht genug! Man wird nicht ein Schriftsteller, nur weil man es sich vornimmt.«

Er schlug auf den Tisch. »Es ist mehr als nur diese eine Arbeit. Ich hab dieses Jahr Sachen in der Schülerzeitung veröffentlicht, und letztes Jahr und vorletztes Jahr.« Er übertrieb. Natürlich wurden Sachen von ihm abgedruckt, aber in dieser lausigen Zeitung konnte jeder schreiben, was er wollte. Aber Sallys Widerstand stachelte ihn nur noch mehr an. Die Idee, von der Schule zu gehen, nahm immer festere Formen an. Er wollte nicht, daß sie ihm irgendwas dreinredete. Es war schließlich sein Leben. Wenn er einen Fehler machte, so war es sein Fehler. Er würde dafür zu büßen haben, nicht sie.

»Ich kann das einfach nicht ernst nehmen. Das ist dein letztes Semester. Du bist fast fertig. Jetzt alles über den Haufen zu schmeißen – das kann doch nicht dein Ernst sein.« Sie fing wieder von vorne an.

»Okay!« sagte er. »Okay, Jungs, sie hat es geschafft! Meine Mutter hat es endlich geschafft, Jungs! Sie hat mich fertiggemacht! Okay, Sally, du denkst, es ist ein Witz, ja? Du denkst, ich bin ein Witz! Gut! Es ist ein Witz. Ich hab nur einen kleinen Test mit dir gemacht.

Wollte nur mal sehen, ob deine Reflexe noch in Ordnung sind. Es ist vollkommen richtig. Ich habe selbstverständlich nicht vor, ein Schriftsteller zu werden. Ich werde mich um eine Stelle bei der Müllabfuhr bemühen.« Er war aufgestanden. »Laßt es die Welt wissen. Ein Witz – ich bin auch ein Witz, aber ich bin fertig mit der Schule. – Ich werde nicht mehr zurück in die Schule gehen, Sally. Das ist kein Witz. Ich werde darüber nicht mehr diskutieren!« Und er ging.

Aber konnte seine Mutter je Ruhe geben?

»Also gut, reden wir noch mal ernsthaft darüber«, sagte sie später. »Vielleicht können wir uns ja auch einigen.«

Warum konnten sie sich nicht entgegenkommen, meinte sie. Ein Kompromiß. Sie machte ein Zugeständnis, also konnte er auch eines machen. »Zum Beispiel kannst du doch deinen Stundenplan umstellen. Laß die Kurse bleiben, die du nicht unbedingt brauchst, und geh nur in das, was sein muß. Kannst du nicht die Stunden, die du brauchst, auf den Vormittag verlegen, dann hättest du den Nachmittag frei zum Schreiben?« Kompromisse; das war typisch Sally. Aber irgendwie war er erleichtert. Sie war zufrieden, und im Moment war er es auch.

Es stellte sich heraus, daß es viel einfacher war, den Stundenplan neu zusammenzustellen, als er gedacht hatte. Er brauchte den Kurs in Trigonometrie z. B. nicht für seinen Abschluß. Er ließ die Turnstunde fallen, mit der Bedingung, daß er zweimal in der Woche in der Schul-Schwimmhalle schwimmen würde. Alles war geregelt. Er konnte jeden Tag noch vor dem Mittagessen nach Hause gehen, und Sweeny wollte ihm einmal in der Woche am Donnerstag eine Stunde geben.

Er hatte geträumt, dann hatte er mit seiner Mutter gekämpft, und jetzt hatte er es erreicht. Jetzt gab es kein Zurück mehr. Er würde die Hälfte des Tages schreiben müssen, jeden Tag, ob er etwas zu schreiben hatte oder nicht.

8

In Vorbereitung für seine Karriere als Schriftsteller säuberte Marcus erst einmal sein Zimmer. Es war wichtig, daß alles an seinem Platz war. Eine Reiseschreibmaschine stand auf dem Schreibtisch. Neben der Lampe stand ein Steinkrug mit Stiften, ein Rechtschreib- und ein Synonymlexikon. Die Victor Gorman Story befand sich in einer Mappe in der obersten Schublade, seine Notizbücher in der zweiten Schublade, und in der untersten wartete ein Stoß unberührtes Papier.

Am Montagmorgen, dem ersten Tag seines neuen Stundenplans, wachte er zeitig auf. Er hörte das Brummen des Verkehrs, das Schlagen einer Tür, das aufregende Hallen eines Frauenabsatzes im Hausgang. Leben! Er fühlte sich so gut, daß er am liebsten hochgesprungen und – wumm – durch die Decke geschossen wäre.

Den ganzen Morgen über hielt dieses intensive Gefühl von sich und dem Leben an. In der Mittagspause verließ er die Schule, begleitet von seinen Freunden. Alec und Gordy hingen sich bei ihm ein, und Pfeff sagte, daß sie sehen sollten, ob sie nicht den Schulfotografen fänden, um diesen historischen Augenblick festzuhalten. Marcus sah Wendy näher kommen. »Was ist denn hier los?« fragte sie und blickte Alec an.

»Ich geh heute so gut wie von der Schule«, sagte Marcus. »Komm, sag auf Wiedersehen!« Er schüttelte allen die Hände. »Ich werde euch vermissen, Leute.« Er wurde sentimental.

»Ja, wir werden dich auch vermissen«, sagte Pfeff, »wie einen Mückenstich.«

»Dies ist ein feierlicher Augenblick«, sagte Alec. Er sah Wendy dabei an. »Nur noch ein paar Abschiedsworte an unseren Kameraden Marcus Aurelius Rosenbloom, der heute ein neues Leben beginnt.« Marcus rollte mit den Augen, und Wendy mußte darüber lachen.

»Es verlangt viel Mut und Entschlossenheit, sich der Kunst zu widmen. Wir wollen Marcus wissen lassen, daß wir seinen Entschluß bewundern, und als Zeichen unserer Zuneigung haben wir unsere Ersparnisse zusammengelegt für dieses Geschenk, von dem ich weiß, daß es bei ihm gute Verwendung finden wird. Gordy, unser Ehrengeschenk?«

Marcus öffnete ein Päckchen, das hastig in etwas eingewickelt war, was verdächtig nach Toilettenpapier aussah. »Ein Riesen-Kugelschreiber!« Er hielt ihn hoch, damit jeder ihn sehen konnte. »Das wäre doch nicht nötig gewesen.«

»Eine Rede, eine Rede«, rief Wendy. Alec klatschte.

»Mir fehlen die Worte«, sagte Marcus.

Alec schlug ihm auf die Schultern. »Das ist genial, Marcus, und gut gesprochen. Geh, bevor dieser feierliche Augenblick noch ruiniert wird.«

Die Straßen waren ruhig, sauber und leer. Marcus lief durch die Häuserreihen. Alles hatte seine Ordnung. Die Eltern arbeiteten, die Kinder waren in der Schule. Nur Marcus Rosenbloom war fehl am Platz. Plötzlich konnte er nicht mehr sagen, wieso er das eigentlich getan hatte.

Bitte, Aufseher, lassen Sie mich wieder rein. Der Gefangene war frei, nach fast zwölf Jahren. Nach guter Führung hatte er die Nachmittage frei. *Aber ich weiß doch nicht, wie ich mich in der Welt zu benehmen habe, Wärter. Es gefällt mir doch hier, im Sherwood Gefängnis. Bestimmt.* Was sollte er denn den ganzen Nachmittag mit sich anfangen? Jeden Nachmittag. Wo sollte er zu Mittag essen? Mit wem sprechen? Schreiben, was war das? Zu Hause war alles still, tödliche Stille.

Er saß an seinem Schreibtisch, seine Stifte waren gespitzt, in seiner Schreibmaschine war ein frisches Blatt Papier. Und dann ... und dann ... Nichts. Sein Gehirn war leer. *Schreibe etwas.* Er starrte lange Zeit auf das Papier. Schließlich beschrieb er den Streit, den er mit seiner Mutter im Restaurant gehabt hatte. Als er auf die Uhr sah, war er erstaunt, wie wenig Zeit erst vergangen war.

Die ganze Woche hindurch fragten ihn seine Freunde in der Schule, wie es mit dem Schreiben ginge. »Wie geht's voran, Hemingway?« sagte Gordy.

»Langsam, aber sicher«, sagte Marcus. »Schreiben ist nicht einfach, aber es geht voran.« Das gleiche zu Mr. Sweeny und zu seiner Mutter. »Schreiben ist kein Kinderspiel, aber es wird schon.« Er konnte es bald schon selbst nicht mehr hören. Jeden Abend, wenn er seine Mutter an der Türe hörte, blieb er noch ein bißchen länger an seinem Schreibtisch sitzen, damit sie wußte, daß er hart arbeitete. »Na«, sagte sie dann, wenn er auftauchte, »wie war es denn heute?«

»Furchtbar«, sagte er dann. »Ja, es fing entsetzlich an und hörte abscheulich auf.«

Die Vorschrift war, daß er jeden Nachmittag drei Stunden am Schreibtisch zu sitzen hatte. Die gleichen drei Stunden, die er sonst Unterricht gehabt hätte. Und Aufstehen war nicht erlaubt. Da saß er und brütete wie ein Huhn auf den Eiern. Er kritzelte ein paar Stichworte, schrieb einen Satz, saß da, fünfzehn, zwanzig Minuten lang, dann erlaubte er sich eine Pause. Aufstehen, strekken, gähnen, ein Spaziergang in die Küche, ein Stückchen Käse essen, ein Glas Milch trinken, die Zeitung lesen, den Fernseher einschalten, ein bißchen reinglotzen, auf die Toilette gehen.

Inzwischen waren dann noch mal fünfzehn, zwanzig oder fünfundzwanzig Minuten vergangen. Ab und zu klingelte das Telefon. Jemand wollte Bügelbrett-Zubehör verkaufen. Er schnitt seine Nägel, rückte das Rouleau am Fenster gerade, wartete darauf, daß das Telefon wieder klingelte.

Am Samstag morgen spielte er mit Alec Tennis. »Du siehst aus wie ein Affe auf dem Weg nach Wimbledon«, sagte Marcus, als er sich bei Alec im Auto niederließ. Alec trug weiße Shorts, ein weißes Hemd mit roter Paspelierung, weiße Socken mit roten Streifen und Turnschuhe mit roten Laschen. »Ein haariger Affe.«

Alec unterzog Marcus' abgeschnittene Hosen, abgetragene Adidas-Schuhe und ein übergroßes T-Shirt einer Musterung. »Und du siehst aus wie ein Schützling von der Heilsarmee. Wie lebt man denn so, wenn man faulenzt?«

»Faul!« Er war ein Hochstapler. Es war unglaublich, was er den Leuten erzählte und was er wirklich tat. Er war fast so ein guter Schauspieler wie Alec. Aber bei Alec wußten die Leute wenigstens, daß er schauspielerte. Von Marcus dachten sie, daß er die Wahrheit erzähle, und die Wahrheit war, fühlte er dumpf, daß er diese Woche kaum etwas getan hatte. Praktisch gar nichts.

Alec sah auf die Uhr. »Ich hab heute nachmittag eine Probe. Terri und ich wiederholen die Kuß-Szene.«

Marcus entdeckte ein anderes ernsthaftes Manko im Leben eines Schriftstellers: Keine Frauen. »Wie ist die Hauptdarstellerin?«

»Wirklich toll. – Wußtest du, daß deine Freundin bis jetzt jeden Tag zu den Proben gekommen ist?«

»Freundin?«

»Wendy. Sie ist praktisch jeden Tag da. Sitzt einfach hinten drin und schaut zu.«

Marcus fühlte, wie Eifersucht in ihm aufstieg, aber er bewunderte Wendys Beharrlichkeit. Sie wollte Alec, und sie blieb hartnäckig. Genau wie er es damit hielt, Schriftsteller zu werden. Glaubte er das wirklich? Na ja, es war erst eine Woche vergangen, er hatte ja praktisch noch keine Chance gehabt. Nächste Woche würde er sich wirklich an die Arbeit machen. Nach diesem Gedanken fühlte er sich schon wieder besser, und er begann, Alec aufzuziehen. »Bist du sicher, daß du Wendy bei den Proben gesehen hast? Ich habe gehört, daß deine Augen manchmal nicht gerade die besten sind.«

»Es war Ranger Wendy, das kann ich dir sagen, ich war nahe genug, um das zu erkennen.« Er grinste. »Sie ist wirklich außerordentlich nett.«

Was sollte denn das heißen? Als ob er das nicht selbst wüßte. An diesem Tag spielte Marcus ziemlich aggressiv, er schmetterte den Ball und schlug Alec in allen drei Spielen. »Du spielst heute ja tierisch«, sagte Alec und trocknete sich das Gesicht ab. »Ich hätte mich besser konzentrieren sollen. Ich bin eigentlich viel besser als du. Aber heute hatte ich keinen guten Tag.«

»Auf deinen Mund trifft das aber bestimmt nicht zu.«

Die Dinge liefen nicht so, wie Marcus sich das vorgestellt hatte. Alles, was er in den drei Wochen zu Hause getan hatte, war, die Victor Gorman Story zu verbessern. Sweeny erwartete mehr von ihm. Marcus saß an seinem Schreibtisch und machte eine Liste der Dosen und Fertiggerichte im Schrank, vom Inhalt des Medizinschränkchens und der Namen und Appartementnummern von jedem, der im Haus wohnte.

»Wie geht's, Marco!« fragte Wendy, als sie ihn im Flur der Schule traf.

»Schreiben ist kein Kinderspiel.« Er hatte schon Angst, sie würde fragen, an was er denn gerade arbeitete. *An meinen Fingernägeln, und wenn ich damit fertig bin, fang ich mit den Fußnägeln an.* Er stürzte an ihr vorbei. Dann hatte er das Gefühl, daß er sich ziemlich blöd benommen hatte. Als er sie später wiedersah, ging er zu ihr hin und sagte, als ob sie gerade mitten im Gespräch stehengeblieben wären: »Na, wann machen wir denn wieder mal was zusammen?«

»Wenn der D-Zug mal kurz anhält.« Wendy rückte ihre Mütze zurecht. »Weißt du, manchmal bist du ganz schön schwer zu packen, Rosenbloom.«

»Mal so, mal so«, gab er zu. »Aber ich vermisse deine netten Grimassen.« Er mochte die Art, wie sie gekleidet war, ihre weiten Drillichhosen, das enge T-Shirt, auf dem stand: ›Als Gott die Welt erschuf, hat SIE nicht herumgeblödelt.‹

»Ich vermiß deine Liebenswürdigkeiten auch«, sagte Wendy.

»Treffen wir uns nach der Schule und quatschen ein bißchen.«

»Ich will dich nicht von deiner Arbeit abhalten.«

»Nein, nein, das ist schon in Ordnung.« Was er nicht

sagte, war, daß er machmal am liebsten die Leute von der Straße weggeholt hätte, um Gesellschaft zu haben.

Am Donnerstag gab Sweeny Marcus das Victor Gorman Stück zurück. »Sie können es wegschicken. Ich denke, es ist so gut, wie es sein kann.«

»Aber ist es gut genug?« murmelte Marcus. Sein Mund war trocken. »Vielleicht sollte ich noch etwas daran arbeiten.«

»Wo ist das Rosenbloomsche Selbstbewußtsein? Reichen Sie es ein und warten Sie ab, was passiert.«

»Okay, ich werde es an den Playboy schicken.«

»Warum nicht? Versuchen Sie es. Sie können genausogut ganz oben anfangen.«

Zu Hause tippte Marcus die endgültige Fassung. Er tippte langsam, murrte jedesmal, wenn sein Finger die falsche Taste erwischte. Als er den dicken gelben Umschlag in den Briefkasten gesteckt hatte, lehnte er sich daran, als ob der sein Eigentum wäre. Genug Post für diesen Briefkasten. Irgendwelche Fanatiker könnten eine Bombe hineinschmeißen, man konnte nie wissen. Prüfend musterte er ein Kind, das mit einem Brief in der Hand herankam. »Was willst du denn da in den Briefkasten schmeißen?«

Das Mädchen sah ihn erstaunt an. Marcus fiel ein, daß er ja nicht einfach den Postverkehr blockieren konnte, und er trat zur Seite. »Du siehst wie ein braves Mädchen aus«, sagte er. Beim Weggehen tippte sich das Mädchen vielsagend mit dem Finger an die Stirn. Marcus blieb immer noch beim Briefkasten stehen, nicht mehr ganz so besitzergreifend wie vorher, ein wenig entspannter – mehr wie ein interessierter Freund des Postdienstes.

Für einen Tag besserte sich seine Laune, aber dann mußte er sich überlegen, was er als nächstes zu schreiben gedachte. Er begann, nachmittags wegzugehen. Der

Autor auf der Suche nach einer Story. Er trug einen langen grünen Wollschal und eine Cordsamtjacke mit Taschen für sein Notizbuch, seine Pfeife und Stifte. Er hätte leicht mit einem englischen Schriftsteller verwechselt werden können. Thomas Hardy. Nein, vielleicht der große James Joyce? Sollte er sich eine Nickelbrille zulegen?

Er durchstreifte die Stadt, den Kopf voll von Ideen, aber nach einer Weile wußte er ganz genau, daß er nichts schreiben würde. Eine Menge Kritzeleien – »Vogelhäufchen« nannte er sie. Und er schaffte nicht, was er sich vorgenommen hatte – drei Stunden täglich zu schreiben. Er tat nur so, als ob er ein Schriftsteller sei. Das Zuhausebleiben hatte sich als Fehlschlag herausgestellt. Sollte er wieder zurück in die Schule gehen, zugeben, daß er versagt hatte? Konnte er Sweeny, seinen Freunden, seiner Mutter so gegenübertreten? Nein! Nicht nach der Show, die er aufgeführt hatte! Sie hatte gesagt, daß er nicht für dreißig Sekunden still sitzen konnte. Sie hatte recht behalten, und er war im Unrecht. Er wartete lieber noch ein wenig. Der Playboy würde seine Story veröffentlichen. *Dieser Rosenbloom, er ist ein Glückstreffer.* Er träumte schon wieder, aber trotzdem, er würde warten, bis er vom Playboy hörte, und sich dann entscheiden.

In der Zwischenzeit bewarb er sich um eine Stelle als Verkäufer bei Nadias, einem Supermarkt in der Nähe. Ein Mann, der ein schwarzes Toupet trug, nahm Marcus' Bewerbung entgegen. Es war Nadia selbst, er saß in einer erhöhten Nische. »Können Sie abends arbeiten?«

»Ja, Sir.«

»An Wochenenden?«

»Ja.«

»Okay«, sagte Captain Nadia, »wir werden uns mit Ihnen in Verbindung setzen.«

»Wird das bald sein, Sir?«

»Wir werden uns dann mit Ihnen in Verbindung setzen.« Er war entlassen.

»Captain Vogelhirn«, murrte Marcus.

Als er den Supermarkt verließ, hielt er die Tür auf für eine große, auffällig aussehende Frau mit einem kleinen Jungen. »Wissen Sie, wo ich hier einen Zettel hinhängen kann?« fragte sie. Sie dachte, er würde in dem Laden arbeiten. Er deutete auf das Anschlagbrett neben dem Eingang.

»Gibt es irgendwelche Stecker?«

Er nahm einen vom Brett und hängte ihre Anzeige auf. Sie stand ganz nahe neben ihm. Glattes, fast silbernes Haar fiel auf ihre Schultern. Ihre Augen waren mit schwarzem Stift umrandet. Sie hatte eine gerade Nase, die Nase einer Prinzessin. »Na gut.« Sie trat zurück und sah sich den Zettel an. »Ich hoffe, die Leute werden darauf aufmerksam.« Die Anzeige war mit einem Muster von roten und gelben Rosen verziert.

DRINGEND GESUCHT
VERLÄSSLICHER VERANTWORTUNGS-
BEWUSSTER BABYSITTER
NACHMITTAGS UND MANCHMAL ABENDS

Sie nahm den kleinen Jungen auf, der sich auf den Boden gesetzt hatte. Die silbernen Bänder um ihr Handgelenk rutschten zum Ellbogen hinauf. Dann stieß sie die Tür auf – sie ging! »Eine Menge Leute kommen hierher«, sagte er noch schnell.

»Tatsächlich.« Vollkommene Gleichgültigkeit. Eine

Eisprinzessin. Er stand da und sah zu, wie sie ging, sah sie in einen roten Mustang steigen und wegfahren. Dann bewegte er sich, mußte . . . dachte nicht nach . . . konnte nicht denken. Er rannte die Straße hinab, aber es war zu spät. Sie war aus dem Nichts aufgetaucht, und jetzt war sie wieder verschwunden.

9

Donnerstag, Marcus hatte seine wöchentliche Privatstunde bei Mr. Sweeny und nichts vorzuzeigen, er hoffte einfach, er könnte es irgendwie vertuschen. Mr. Sweeny saß an seinem Schreibtisch in dem überfüllten Büro, das er mit drei anderen Lehrern teilte.

»Setzen Sie sich, Marcus. Wie geht's?«

»Gut.« Marcus setzte ein falsches Lächeln auf, das Zuversichtlichkeit ausdrücken sollte. Seine Hand fuhr zu seiner Gesäßtasche, wo er sein Notizbuch hatte.

»Was haben Sie heute für mich?«

Das Notizbuch enthielt die Liste, die er gemacht hatte: was die Leute in ihren Einkaufskörben hatten, die Namen der Geschäfte in einer bestimmten Straße, die Namen der Leute, die diese Woche in den Todesanzeigen gestanden hatten. Er gab Sweeny das Notizbuch. »Meine Materialsammlung.«

Sweeny überflog die Seiten kurz. »Was soll das alles?«

»Ich mag die Namen von Dingen. Wenn Sie Ihre Schublade aufziehen, werde ich alles aufschreiben, was sich darin befindet, oder was Sie in Ihren Taschen haben.«

Sweeny gab ihm das Notizbuch zurück. »Das ist ja alles sehr interessant, aber was soll es bedeuten?«

Er hätte es wissen müssen, daß Sweeny sich nicht hereinlegen ließ mit seinen blöden Listen.

»Was haben Sie diese Woche noch getan?«

»Ich arbeite noch an etwas.« Und dann fiel ihm die blonde Frau ein, die er gestern im Supermarkt gesehen hatte, und er dachte daran, wie sie verschwunden war.

»Kann ich sehen, an was Sie arbeiten?«

»Na ja . . .« Marcus wühlte in seinen Taschen herum, fand einen Stift. »Ich hab es nicht mitgebracht, weil es noch nicht ausgereift ist.« Er improvisierte. »Es ist über ein Mädchen.«

»Erzählen Sie mir ein bißchen mehr.«

»Sie heißt« – und er sagte das erste, was ihm in den Sinn kam – »Isabel Malefsky.«

»Isabel Malefsky.« Sweeny nickte. »Guter Name für eine Charakterstudie. Das hört sich interessant an.«

Marcus blickte auf das Notizbuch, das er in der Hand hielt. Isabel Malefsky war keine Person in einer Geschichte. Sie war mit ihm in der sechsten Klasse gewesen, seine erste große Leidenschaft. Er war ihr ein Semester lang überallhin gefolgt wie ein Hund und hatte nie auch nur ein Wort zu ihr gesagt. Er war ein fettes verrücktes Kind gewesen, das nicht mit Mädchen reden konnte.

»Um was geht es darin?« fragte Sweeny.

»Ich bin gerade dabei, es kommt erst langsam. Ich kann noch nicht darüber sprechen.« Was für ein Schwindel. Bloß weg hier!

Diesen Nachmittag konnte er seinen Schreibtisch nicht sehen. Die Stunde mit Sweeny – er wollte nicht einmal daran denken. Materialsammlung! Er verabscheute sich selbst und schmiß das Notizbuch voller Wut weg. Vielleicht würde es Flügel bekommen und davonfliegen. Dann hob er es wieder auf, er hatte Angst, jemand anders könnte es finden und lesen. *Großartig! Schau mal, was die Vögel heutzutage so fallen lassen.* Sweeny hätte laut herauslachen sollen. Und dann Isabel Malefsky aufs Tapet zu bringen. Was konnte er schon über sie schreiben? Wo kam sie denn bloß auf einmal her? Er hatte jahrelang nicht mehr an sie gedacht. War es wegen der großen schlanken Frau gestern? Er spürte, wie die gleiche Leidenschaft, die er einmal für Isabel gefühlt hatte, sich wieder in ihm regte. In allem, was er tat, entdeckte er einen fanatischen Zug. Die Art, wie er sich Ideen in den Kopf setzte. Nichts konnte warten. Sein Verlangen, ein Schriftsteller zu sein. Das Jahr, in dem er nach seinem Vater gesucht hatte; der Mann hatte ihn kaum angesehen. Sally hatte ihn damals auch gewarnt, aber niemand konnte Marcus zurückhalten, wenn er sich etwas in den Kopf gesetzt hatte. Und war die große schlanke Frau nun der neueste Fanatismus? Ja, er wollte sie wiedersehen. Und diesen Nachmittag ging er wieder zu Nadias Supermarkt.

Ihr Zettel wegen eines Babysitters hing noch immer da. Dann würde er warten, bis sie wieder kam. Und wenn sie nicht mehr kam? Vielleicht hatte sie in jedem Geschäft in der Stadt Zettel aufgehängt. Und wenn sie genau jetzt durch diese Tür hereinkäme, was würde er dann zu ihr sagen? Die Antwort war einfach. *Ich nehme den Babysitter-Job.* Ohne weiter darüber nachzudenken, nahm er ihren Zettel ab und steckte ihn in seine Tasche. Er rief sie vom nächsten Telefonhäuschen aus an.

»Hallo?« Sie war es.

»Uh, Ahm . . .« er wußte ihren Namen nicht. Er war nervös, fürchtete jetzt, daß jemand anders auf die Anzeige geantwortet und den Job bekommen hatte. »Ich bin dran . . . der Mann . . . der aus dem Supermarkt.«

»Wer?«

»Marcus Rosenbloom. Ich hab Ihnen gestern einen Stecker gegeben, um Ihren Zettel aufzuhängen.«

»O ja.« Langes Schweigen.

»Hat jemand auf Ihre Anzeige geantwortet?«

»Nein, noch nicht.«

»Außer mir.«

Sie verstand es nicht. »Ich brauche wirklich jemanden, sehr bald. Wissen Sie vielleicht zufällig jemanden?«

»Ja, mich!«

»Sie? Nein, ich möchte ein Mädchen. Kennen Sie kein Mädchen oder eine Frau?«

»Nein, leider nicht. Aber ich suche nach einem Job. Und ich mag Kinder gerne.«

Sie war einen Moment still. »Ich könnte Ihnen gar nicht genug zahlen. Außerdem ist es kein Ganztags-Job.«

»Ich will ja gar keinen Ganztags-Job. Ich geh vormittags zur Schule.«

»Nein, ich glaube, das ist nichts.«

Er schloß die Augen, sah die silbernen Armbänder ihren Arm hinunterrutschen. *Was tust du da, Marcus? Hör auf.* Aber er hatte sich schon nicht mehr unter Kontrolle, war gefangen in diesen leidenschaftlichen Gefühlen und konnte nicht aufhören.

»Warum versuchen Sie es nicht ein paar Tage mit mir und schaun mal, wie's geht?«

»Ich habe noch nie einen Jungen als Babysitter gehabt.«

»Ich bin sofort verfügbar.«

Schweigen. Dann, als ob sie laut dächte. »Ich brauche wirklich dringend jemanden. Könnten Sie morgen um zwölf Uhr dreißig hier sein?«

Ja, das konnte er! Sie gab ihm Namen und Adresse. Er wiederholte: »Karen Lambert, Thurber Street.«

»Sie verstehen, es ist nur für einen Tag. Wenn ich ein Mädchen finde . . .«

»Nur für einen Tag«, wiederholte er, aber er fühlte sich, als ob er einen wundervollen Preis gewonnen hätte.

Bevor er am nächsten Tag zu Karen Lambert ging, duschte Marcus, wechselte sein Hemd und auch die Jeans. Bei ihrem Haus angelangt, trug er sein Fahrrad hinauf in den Hausflur, dann hauchte er in seine Hand. Atem okay. Sie wohnte im oberen Stockwerk eines weißen Zweifamilienhauses. Marcus stieg die steilen, schmalen Stufen hinauf. Außer seinem Notizbuch brachte er noch ein anderes Buch mit. Ein dickes großes Buch, ein seriöses Buch. Er war ein seriöser Leser, ein Student, ein Schriftsteller, nicht ein verantwortungsloses Kind.

»Marc?«

»Marcus«, sagte er. »Marcus Rosenbloom.«

Sie öffnete die Tür und blickte auf ihn herab, als ob sie zweifelte, ob sie ihn überhaupt noch weiter hereinkommen lassen sollte. Als sie so über ihm stand, erschien sie ihm größer, als er sie in Erinnerung hatte, groß und schmal, fast zerbrechlich, mit schmalen, knochigen Schultern und dünnen Knöcheln, die leidenschaftliche Gefühle in ihm weckten. Er fühlte sich hilflos unter ihren schwarzumrandeten Augen, sicher traute sie ihm nicht, hatte ihre Meinung geändert. Sie würde ihn wegschicken.

Er hielt das Buch hoch, ein Medaillon, Beweis seiner ernsten Absichten. »Bin ich zu spät dran?«

»Wo wohnen Sie?« fragte sie.

Er gab ihr seine Adresse.

»Sie gehen zur Schule?«

»Ja, vormittags.«

»Welche Schule?«

Er sagte es ihr.

»Warum nur vormittags?«

»Ich, äh, ich arbeite selbständig, schreibe.«

»Was macht Ihr Vater?«

»Ich wohne bei meiner Mutter. Sie ist im Arbeitsamt beschäftigt.«

Er wußte nicht, wann genau es ihr genügte, aber schließlich ließ sie ihn herein. Sie blickte auf ihre Uhr, dann nahm sie ihren Sohn auf den Arm. »Kevin, kannst du dich noch an diesen Jungen aus dem Supermarkt erinnern?«

Das Kind blickte ihn ernst an.

»Ich habe ein paar Sachen für Sie aufgeschrieben«, sagte sie zu Marcus. »Hier ist die Telefonnummer von Everson. Ich bin dort Konservatorin. Falls Sie irgendwelche Schwierigkeiten haben, schauen Sie auf dem Zettel nach. Wenn es etwas ist, mit dem Sie nicht fertig werden, rufen Sie mich an. Ich werde ansonsten zwischen siebzehn Uhr dreißig und achtzehn Uhr zurück sein.« Sie setzte Kevin ab. »Liebling, sei schön brav. Denk dran, was ich dir erzählt habe, Marcus spielt mit dir.«

»Neiiiiiin«, schrie Kevin.

»Mein Herzchen –«, sie blickte auf die Uhr, dann küßte sie Kevin. »Ich muß jetzt gehen, Liebling.«

Als sie weg war, blieb Kevin stur an der Tür stehen.

»Komm, wir spielen«, sagte Marcus. Kevin schüttelte den Kopf. Marcus sah sich im Zimmer um, die halb ausgepackten Umzugskisten, die Stereoanlage auf dem Fußboden, an den Wänden lehnten Bilder. Es sah so aus, als ob sie gerade erst eingezogen wäre. Worauf hatte er sich da eingelassen? Wer war sie? Es hatte angefangen, als er sie im Supermarkt gesehen hatte, und jetzt war er hier, als Babysitter. Er sah auf seinen Zettel.

»Kevin hat schon zu Mittag gegessen . . . er wird durstig sein . . . mag Orangensaft, aber versuchen Sie, ihm Milch zu geben . . . kann Cracker haben . . . bitte keine Süßigkeiten . . .« Es gab eine Seite voller Anweisungen, was zu tun sei, wenn Kevin müde wurde, wo er anrufen sollte, wenn Kevin sich verletzt hatte, welche Decken er in seinem Bett mochte.

»Wie wär's mit ein bißchen Milch und Cracker, Kevin?« Er ging in die Küche, goß ein Glas Milch ein. Was sagt man zu einem Kind? »Schau mal, was ich habe. He, Junge, dieses Zeug ist klasse.« Er hielt die Milch dem Kleinen hin. Kevin versteckte seine Hände hinter dem Rücken. Marcus trank ein wenig. »Gut!« Er rieb seinen Bauch. »Mmm, macht mich stark.« Er zeigte seine Muskeln. Kevin sah ihm zu. Marcus nahm noch einen Schluck. »Willst du was ab haben?« Kevin schüttelte den Kopf. »Ich sag dir was, heute trinke ich die Milch, und du« – Marcus deutete dramatisch auf den kleinen Jungen –, »du, Kevin Lambert, du Glücklicher, du Liebling der Götter, du wirst heute Orangensaft bekommen.«

Er mußte Sachen erfinden. Als sie sich auf den Teppich setzten, war es ein Boot, ihre Versorgung waren die Cracker und Orangensaft. So verging der Nachmittag. Marcus erfand eine Geschichte von zwei Miezen und einem Kuckuck, die unter dem Teppich lebten. Den ganzen Nachmittag ließ er sich irgendwelche Spiele und Geschichten einfallen, um Kevin bei Laune zu halten. Schließlich schlief Kevin in seinen Armen ein, als er ihm noch eine Geschichte erzählte.

Aus Angst, daß er wieder aufwachen könnte, ließ Marcus den Jungen, wo er war, aber nahm eine etwas bequemere Haltung auf dem Teppich ein, dann sah er sich genauer um. In der Nähe stand ein Bild von einer

Maxwell House-Kaffeekanne, daneben lag ein großes rotes aufgeblasenes Plastikherz, über einem Lampenschirm an der Wand hing ein gelbliches Hochzeitskleid, und von einem Haken an der Decke herunter kräuselte sich ein Mobile aus Silberfolie. Überall spürte er ihre Persönlichkeit. Alles, was er sah, verstärkte nur noch dieses seltsam bedrückende Gefühl in seinem Bauch.

Karen kam früher nach Hause, als er erwartet hatte. Sie war ganz überraschend hereingestürzt und hatte Kevin geschnappt. Sie war stark geschminkt. Er wagte es kaum, sie anzusehen, so schön war sie.

»Ist alles gutgegangen?« Sie sah sich um, musterte den Raum, als ob sie ihm nicht traue.

»Wunderbar, ganz wunderbar, großartig. Kevin und ich haben eine tolle Zeit gehabt, nicht wahr, Kevin, alter Junge?« Er konnte sich kaum bremsen, immer weiter und weiter zu reden.

»Hat Kevin sein Schläfchen gehalten?« Mit Kevin auf dem Arm fischte sie in ihrem Portemonnaie nach Geld. Er dachte, sie kann es kaum erwarten, mich loszuwerden. Er sah sich nach seinem Buch um. Das war es wohl gewesen. Sie würde ihn bezahlen und ihm sagen, daß er nicht wiederzukommen bräuchte.

»Hab geschlafen«, bestätigte Kevin. »Mommy, Mommy, unter dem Teppich, zwei Miezen und ein Kuckuck . . .«

Marcus errötete. »Das ist eine Geschichte, die ich ihm erzählt habe.«

Sie gab ihm das Geld. »Wie ist es mit morgen?«

»Morgen?« fragte er verwirrt.

»Können Sie morgen wieder kommen?«

»Wollen Sie, daß ich komme?«

»Ja, wenn Sie verfügbar sind. Wollen Sie den Job?«

»Ja, selbstverständlich, wenn Sie mich nehmen.«

»Wenn alles klappt, werde ich Sie jeden Tag sofort bezahlen. Machen wir es mal so und sehen, wie die Sache läuft.«

»Ich werde da sein«, sagte er. Er war so glücklich, daß er praktisch die Stufen hinunter flog.

Auf dem Heimweg überlegte er, was er nur seiner Mutter erzählen sollte. *»Sally, ich hab einen Job als Babysitter.« »Du spielst Babysitter?«* Er hatte ihren Tonfall bei diesem Satz schon in den Ohren. *»Hast du deshalb deinen Stundenplan geändert?«*

Und was konnte er darauf schon sagen? Ihr erzählen, daß es nicht wegen dem Job war, sondern wegen Karen? Niemals! Er würde mit seiner Mutter nicht über Karen reden, und auch mit niemandem sonst.

Aber warum dann das Babysitten? *Um mehr über die jüngere Generation zu erfahren. Kinder sind ein wichtiger Faktor im Leben.* Puh! Das sähe ihm ähnlich, so etwas Großspuriges loszulassen. Aber was würde er denn nun seiner Mutter wirklich erzählen? Nichts. Und zwar solange wie möglich.

Er hatte wahnsinnigen Hunger, als er nach Hause kam. Zu seiner Überraschung wartete Wendy auf ihn. Sie folgte ihm in die Küche. »Erst lädst du mich ein, und dann bist du nicht da.«

»Na ja, jetzt bin ich ja hier.« Er sah nach, was auf dem Herd stand, dann schaute er in den Kühlschrank. »Möchtest du was essen?«

»Bist du das, Marcus?« rief Sally aus dem Badezimmer. »Ich dusche gerade.«

»Ich möchte mit dir reden«, sagte Wendy.

»Rede«, sagte Marcus. Er legte eine Packung tiefgefrorene Lasagne in eine Pfanne und drehte den Herd an. »Willst du was davon?«

»Was ist es denn?«

»Käse-Lasagne.«

»Ich weiß nicht.« Wendy schaute in den Flur und kam dann zurück. »Sind wir hier allein?«

»Meinst du, ob Sally zuhört?«

»Ich will nicht, daß irgend jemand sonst zuhört. Es geht um Alec und mich.«

Marcus tat sich ein wenig Joghurt auf sein Stück Brot und krönte es mit einer Zwiebel. »Ich dachte, ihr beide würdet schon Fortschritte machen?«

»Wer hat das gesagt?«

»Alec. Wer sonst?« Marcus wollte gerade ins Brot beißen, da schob Wendy seine Hand weg.

»Das hat er gesagt? Was hat er genau gesagt?«

»Er sagte, daß du immer zu den Proben kämst und daß du sehr nett wärst.«

»Was soll das denn heißen?« Wendy schaute ganz böse auf das Sandwich, in das Marcus beißen wollte. Er bot es ihr an, aber sie schüttelte den Kopf. »Nett? Ich nehme an, das sagt er, weil wir uns unterhalten. Alec unterhält sich gerne.«

»Ja, und weiter?« Marcus biß in das Brot. Joghurt lief über seine Finger.

»Marcus, ich kann nicht mit dir reden, während du ißt.«

Er leckte seine Finger ab, dann setzte er sich auf die Anrichte. »Okay, rede schneller. Ich bin hungrig.«

»Die Sache ist die . . .« Wendy drehte an ihrer Halskette herum. »Alec und ich, wir sind uns nähergekommen und –«

»Hör auf, hör lieber gleich auf! Ich will nichts davon

hören. Diese Geständnisse verursachen bei mir einen Schmerz in der Magengegend. Ich möchte keine schmutzigen Details hören.«

»Es gibt keine schmutzigen Details. Das ist ja das Problem. Nähergekommen hört sich viel besser an, als es war. Wir haben uns ein bißchen geküßt – nein, schon ein bißchen mehr – die eine Nacht.« Wendys Augen leuchteten. »Es war fantastisch. Wir saßen da und haben uns unterhalten, bis alle gegangen waren und sie das Licht ausgemacht haben. Wir hatten alles für uns alleine, und er legte seinen Arm um mich – Marcus, hörst du mir zu?«

Er wendete gerade vorsichtig die Lasagne und drehte den Herd ab. »Klar.« Aber er dachte an Karen, sie beide alleine in ihrem Appartement . . . Karen mit ihren Armen um seine Taille . . . so verrückt nach ihm, daß sie ihn nicht gehen lassen konnte . . .

»Hörst du, was ich sage? Weißt du, was es heißt, wenn jemand, den du magst, dich auch mag?«

»Natürlich.«

Aber wußte er das? Von allen Mädchen, die er jemals gemocht hatte, hatte eine davon das für ihn empfunden, was Wendy für Alec fühlte?

»Ich war total verwirrt, Marcus. In dieser Nacht hat etwas begonnen. Was ich gefühlt habe – es mußte sich irgendwie weiterentwickeln. Ich wußte, wir würden uns wiedersehen, und es würde immer besser und besser werden.«

»Wieso erzählst du mir das?«

»Der springende Punkt ist, daß das das erste und das letzte Mal war. Seitdem unterhalten wir uns nur, sonst gar nichts.«

»Vielleicht hast du Mundgeruch. Komm, hauch mich an, und ich sage es dir. Wofür hat man Freunde?«

»Marcus, wenn du nicht sofort aufhörst, deine Witze zu machen, hau ich dir eine runter. Für mich ist es kein Witz, ich finde es überhaupt nicht lustig!« Sie war sauer. »Du bist doch der einzige, mit dem ich darüber reden kann.«

»Tut mir leid.« Witze. Das war das Schlimme an ihm, daß er über alles Witze machen mußte. Mit Alec, Pfeff und den anderen war nichts ernst zu nehmen. Abgemacht war, daß nichts verletzen konnte. Und wenn man sich auf einen Reißnagel setzte, so lachte man laut. Er sah Wendy vernünftig an. Der Freund und Tröster. Da, schon wieder machte er Witze. Der schwierige Jugendliche. Was war mit ihm los? Er wußte, wie sich Wendy fühlte. War er nicht gerade von Karen gekommen?

»Kannst du dir überhaupt vorstellen, wie aufregend diese erste Nacht war? Ich hätte es gleich mit ihm auf der Bühne gemacht, wenn er gewollt hätte.«

»Wendy!« Marcus Hand fuhr zum Bauch. »Das vertrage ich nicht auf nüchternen Magen.«

»Es ist die Wahrheit, Marcus. Alec ist schrecklich aufregend, für mich wenigstens.«

Marcus schnitt eine Grimasse.

»Ich rede zuviel, ich weiß –« Sie brach ab, als Sally zur Tür hereinkam, in einem blauen Bademantel, ein Handtuch wie einen Turban um ihren Kopf gewickelt.

»Du bist heute abend spät gekommen, Marcus. Wo warst du denn?« Sally goß sich ein Glas Grapefruitsaft ein. »Mir wird's kalt. Ich leg mich hin. Tut mir leid, daß ich keine bessere Gesellschaft bin, Wendy.«

»Das ist schon in Ordnung, Sally. Mir geht's gut.«

»Wendy hat mich besucht, Mom, nicht dich.«

»Bitte«, sagte Sally mit einer nervösen Geste. »Nicht heute abend.« Sie ging in ihr Zimmer.

»Ich bin der Traum jeder Mutter«, sagte Marcus, erleichtert, daß er nicht noch mit seiner Mutter reden mußte. Er nahm die Pfanne mit Lasagne vom Herd und begann zu essen, dann, etwas verspätet, bot er Wendy etwas an.

»Nein, ich kann nichts essen.«

»Machts's dir was aus, wenn ich esse?«

»Warte.« Sie schaute nach, ob die Küchentür zu war. »Iß noch nicht. Ich hab noch mehr mit dir zu reden. Die Sache mit Alec ist nämlich typisch. Ich treff einen Typ, der mir gefällt, aber er ist nicht interessiert, oder wenn er interessiert ist, ist er ein Versager. Achtzehn, und ich warte immer noch. Weiß du überhaupt, unter welchem Druck ein Mädchen heute steht? Und es ist nicht nur das. Ich will, daß bei mir etwas passiert. Wie lange soll ich noch warten?«

»Laß mich meinen Computer zu Rate ziehen, und ich gebe dir das genaue Datum.«

»Ich will von dir nur eines wissen: gibt es eine andere? Alec hat gesagt, er geht mit niemandem sonst. Ist das wahr?«

»Soweit ich weiß, schon.« Dann erinnerte er sich an Terri, aber er hatte das Gefühl, daß er nichts sagen konnte. Er war zerrissen, wollte sowohl Alec gegenüber als auch zu Wendy loyal sein. »Ich weiß nicht, was in Alecs Kopf vorgeht. Er hat immer irgendwelche Mädchen um sich. Du wärst auf jeden Fall besser dran, wenn du dich für jemand anderen interessierst. Muß es denn unbedingt Alec sein?«

»Ich habe es nicht beschlossen«, sagte Wendy. »Man beschließt solche Sachen nicht. Sie geschehen einfach. Wie ein Blitzschlag.«

Wie ein Blitzschlag! Wie das erste Mal, als er Karen gesehen hatte. Er war versucht, Wendy davon zu erzählen, aber wie konnte man Alec und Karen vergleichen? Oder die Art und Weise, wie er für Karen empfand, mit dem, was Wendy für Alec fühlte?

»Marcus, ich will, daß du herausfindest, ob Alec an einer anderen interessiert ist, damit ich weiß, woran ich bin. Und sag ihm um Himmels willen nicht, daß ich danach gefragt habe. Find es einfach raus. Wenn Alec kein Interesse an mir hat, gebe ich ihn auf.«

»Kannst du das?«

»Ich werde es können. Wenn ich einmal etwas beschlossen habe, kann ich es auch durchführen. Und überhaupt, manchmal denke ich sowieso, daß es nichts anderes als Sex ist.«

War es nur Sex, was ihn an Karen anzog?

»Und wenn es nur Sex ist –«, sie lächelte Marcus an, »wie wäre es dann, wenn ich einfach irgend jemand aufgable und sagte: ›Was sagen Sie nun, Sir, Sie haben gerade in der Lotterie gewonnen, und ich bin der erste Preis!‹? Und los geht's. Ich würde ihm nicht meinen richtigen Namen sagen. Es wäre nur dieses eine Mal. Ich würde es tun und damit fertig sein. Vielleicht hätte ich dann nicht bei jedem Typ, den ich mag, dieses Gefühl.«

»Das hört sich ja so an, als ob es sich um eine Medizin handelt.«

»Ich wünschte, ich könnte es einfach so schlucken, wie eine Medizin. Dann könnte ich mich endlich entspannen und aufhören, so viel darüber nachzudenken.«

»Ich weiß«, sagte Marcus. Würde er es jemals wisssen? Das war es doch, was er die ganze Zeit sagte: *Ich möchte es tun und damit fertig sein.* Aber niemand hörte zu.

10

Wie er erwartet hatte, war seine Mutter nicht gerade begeistert, als er ihr von dem Babysitter-Job erzählte. Sie sagte Dinge, die er wirklich nicht hören wollte. »Du hast unser Abkommen gebrochen, ohne vorher mit mir darüber zu reden. Ich verstehe nicht, warum du das getan hast. Brauchst du das Geld? Ich bin gerne bereit, mit dir über dein Taschengeld zu reden.«

Er mußte sich ziemlich zusammenreißen, aber er blieb stehen und hörte es sich an, denn es gab nichts, was seine Mutter davon abhalten würde, zu sagen, was sie sagen wollte. Karen! Er würde niemals mit Sally über sie reden können. Er wollte . . . wollte . . . Nichts, was seine Mutter sagen würde, konnte irgendeinen Unterschied machen.

Marcus war verliebt. Oder war es Lust? Er konnte das nicht unterscheiden. Wo hörte Liebe auf und begann Lust? Wo hörte Lust auf und begann Liebe? »Karen« . . . er sagte ihren Namen. Sie war vollkommen, sie war anders – diese Ohren wie Muscheln, die gerade Nase. All seine Fantasien endeten bei Karen; da war sie anlehnungsbedürftig, gefühlvoll, hilflos. Wenn er an sie dachte – eigentlich an sie beide, Marcus und Karen – war alles wunderschön und ideal. Sie waren auf dem Gipfel eines Berges. Karen in seinen Armen, hinter ihnen ging die Sonne unter. Und irgendwo, hinter den Bergen verborgen, die Stimmen eines gewaltigen Chors. Der reinste Kitschfilm.

Das waren seine guten Fantasien. Aber da gab es auch die schlechten, gemeinen, schmutzigen Fantasien. Allein mit Karen, sie würde ihn in ihr Zimmer rufen . . . Oder am Ende der Stufen auf ihn warten und ihren Bademantel offenlassen . . .

Jeden Tag, wenn er bei Karen ankam, war es das gleiche. »Oh, da sind Sie ja«, sagte sie, als ob sie überrascht wäre, ihn zu sehen. Dann hob er, wie immer, sein Buch zum Gruß und gab Kevin die Gänseblümchen, die er unterwegs gepflückt hatte, denn er hatte nicht den Nerv, sie Karen zu geben.

Sie sah ihn immer mit einem ruhigen, spöttischen Gesichtsausdruck an. Er hatte das Gefühl, sie durchschaute ihn und wußte, was er träumte und heuchelte. *Was weißt du?* schien sie zu sagen. *Was hast du getan. Was kannst du? Beweise es.*

Wenn er alleine war, unterzog er manchmal vor dem Spiegel sein Gesicht einer Kontrolle, fragte sich, was sie wohl von ihm hielt. Manchmal wußte er, daß er gut aussah. Manchmal haßte er seine glatte Haut. Wenn er deprimiert war, dachte er, er sehe aus wie ein fettes weißes Ei.

Karen war immer recht freundlich, aber kühl, eben genauso, wie man sich einem Babysitter gegenüber verhält. Sie zahlte, als konnte sie alles so haben, wie sie es wollte. Sogar mich, dachte er, und die Fantasien ... ihr sich öffnender Bademantel ... erwachten wieder. Trotz ihrer Kälte lebte er für den Moment, wenn er zwei Stufen auf einmal nahm. »Oh, Sie sind es«, sagte sie dann. »Heute werde ich spät kommen. Könnten Sie Kevin Abendbrot geben? Machen Sie ihm einen Hamburger. Können Sie kochen?«

»Ob ich kochen kann?« In ihrer Nähe schauspielerte er immer, war nicht er selbst, versuchte, ihr zu imponieren. »Ich bin ein fantastischer Koch!«

Sie schenkte ihm eines ihrer seltenen Lächeln. »Ich weiß, ihr Jungs könnt heutzutage ja fast alles.«

»Ich koche oft für meine Mutter.« Warum hatte er das

gesagt? Etwas für seine Mutter zu tun, wie ein Kind. Er war sich des Altersunterschieds bewußt. Sie mußte so Mitte Zwanzig sein. Wenn sie danach fragen sollte, hatte er vor zu sagen, er sei schon achtzehn, vielleicht neunzehn. Sollte sie denken, er wäre in der Schule etwas zurück. Ich hab ein Jahr verloren, würde er ihr erzählen. Ich hatte, na ja, Sie wissen schon, eine bestimmte Krankheit.

Der Job wurde zur Routine. Er spielte mit Kevin, las ihm vor, erfand Geschichten. Manchmal sangen sie auch. »Old McDonald had a farm« war Kevins Lieblingslied. Sie mußten es jedesmal von vorn bis hinten durchsingen.Und das nicht nur einmal, sondern zwei- oder dreimal. Marcus wurde fast verrückt dabei. Jetzt, wo er weniger Zeit zum Schreiben hatte, schrieb er mehr als zuvor. Er arbeitete an der Isabel-Malefsky-Geschichte, die er Sweeny versprochen hatte. Eines Tages würde er Karen seine Arbeit zeigen, sie die Geschichte lesen lassen, ihr beweisen, daß er ein Schriftsteller war, genauso ein Künstler wie sie. Es würde mit einem Gespräch beginnen, – einer kleinen Unterhaltung, eine kurze Berührung, ihre Finger auf seinem Arm. Marcus! Sie würde seinen Namen hauchen . . .

»Liebe«, schrieb er, »Lust, was Männer für Frauen fühlen: primitiv, erdhaft, unmißverständlich, wie Hunger, Kälte, Durst. Liebe ist ein korruptes Wort. Ich liebe meine Mutter. Ich hätte liebend gern ein neues Auto. Ich liebe es, Alec im Tennis zu schlagen. Nichts davon trifft auf das zu, was ich für Karen empfinde.«

Aber wenn er versuchte zu schreiben, was er denn nun für sie empfand, fielen ihm immer nur verbrauchte Worte ein, Phrasen aus Gedichten oder Liedern: *Silbernes Haar . . . Augen wie Sterne . . . Angebetete, mein ein und alles.* Nicht seine Worte; die Worte von anderen Leuten.

Er saß da, mit seinem Notizbuch auf den Knien. »Karen«, schrieb er. »Karen . . . Karen . . .«

An einem Nachmittag, als Kevin schlief, kam Wendy vorbei. Marcus zeigte ihr alles im Appartement: die Bücher, die Skulpturen, das Hochzeitskleid. Karens Schlafzimmertür war angelehnt, und sie warfen einen Blick hinein. Der verdunkelte Raum, die verknitterten Laken, die Decken halb am Boden erregten ihn. Im Gang studierte Wendy eine Reihe von männlichen Aktbildern. »Tolle Körper haben die«, sagte sie. »Es ist irgendwie eine beeindruckende Wohnung. Wie ist sie denn?«

Er zeigte auf das Appartement. »Das kannst du sehen.«

Wendy begutachtete ein Gebilde aus Rinde, Blättern und Federn.

»Hast du mit Alec gesprochen?«

»Ich hab's vergessen«, sagte er schnell. »Ich hab noch keine Gelegenheit gehabt.« Warum war er so verlegen? Warum entschuldigte er sich? Er hatte es versucht. Ein paarmal hatte er Wendys Namen fallenlassen, aber Alec hatte nicht angebissen. Marcus tat es jetzt leid, daß er so schnell eingewilligt hatte, mit Alec zu sprechen. Er hatte Angst, daß das, was Alec sagen würde, nicht das wäre, was Wendy hören wollte, und er wollte ihr keine schlechten Nachrichten bringen. Er kannte Alec viel besser als Wendy. Er hatte ihn mit anderen Mädchen gesehen. Alec stieg auf jedes attraktive Mädchen ein, das er kennenlernte. Das bedeutete bei ihm nicht viel.

»Siehst du Alec nicht mehr jeden Tag bei den Proben?«

Wendy schüttelte den Kopf. »Ich geh nicht mehr hin. Es kann nicht immer nur einer alle Schritte tun für eine Beziehung. Ich hab Alec neulich in der Bibliothek gesehen. Er kam herüber und setzte sich neben mich. Weißt du, daß er mich Ranger Wendy nennt? Ich denke, es ist ganz nett gemeint, oder?«

War Alec sarkastisch? Marcus gab keinen Kommentar ab. Kevin, der geschlafen hatte, stand in der Türe und starrte Wendy an. Marcus nahm ihn auf. Er war noch ganz verschlafen und roch leicht nach warmem Urin.

»Sag hallo zu Wendy.«

Kevin versteckte sein Gesicht an Marcus Schulter. Wendy nahm einen seiner bloßen Füße. »Nein«, sagte Kevin.

»O Kevin, magst du mich nicht?«

»Es muß schrecklich sein, wenn man so unbeliebt ist«, sagte Marcus.

Wendy legte sich auf den Teppich, die Hände unter ihrem Kopf. Ihre Bluse rutschte aus den Jeans und ließ die Haut sehen und ihren Nabel.

Er verstand Alec nicht. Wendy war ein gutaussehendes Mädchen, und es machte Spaß, mit ihr zusammen zu sein. Was wollte Alec denn?

»Rutsch mal.« Er und Kevin saßen neben Wendy auf dem Teppich. So war es auch, als Karen zurückkam. Wendy lag auf dem Boden, und Marcus saß neben ihr und sie unterhielten sich. Kevin, immer noch in Windeln, lief zu seiner Mutter. Marcus rappelte sich auf.

»Karen, das ist eine Freundin.« Er nickte zu Wendy. »Steh auf!«

Karen nickte und sagte dann zu Marcus: »Ich möchte kurz mit Ihnen sprechen.« Er folgte ihr in die Küche. »Also sehen Sie, ich mag keine Überraschungen, was Kevin anbelangt. Sagen Sie mir das nächste Mal, wenn Sie eine Freundin einladen.« Es war ein unangenehmer, etwas gespannter Augenblick.

Als sie draußen waren, schob Marcus schweigend sein Fahrrad. Er war ärgerlich über Karen und wollte Wendy die Schuld geben, wußte aber, daß das unfair gewesen wäre und hielt lieber den Mund.

»Ich mag sie nicht besonders«, sagte Wendy und brach damit das Schweigen. »Deine Karen ist wirklich kalt wie ein Fisch, Marcus. Lächelt sie denn niemals?«

»Du kennst sie nicht.« Er verteidigte Karen. »Sie war überrascht, daß du da warst. Sie hatte nicht erwartet, noch jemand anders anzutreffen. Sie ist sehr sensibel, sehr empfindlich.«

»Sie sieht nicht sehr gesund aus«, sagte Wendy ungerührt.

»Wechseln wir lieber das Thema.«

Wendy sah ihn neugierig an. »O Marcus, dich hat es ja wirklich schlimm erwischt, nicht wahr? Ich kann's gar nicht glauben!«

11

Am Samstag waren es zwei Wochen, daß Marcus für Karen arbeitete. Es war ein warmer Frühlingstag – auf den Straßen waren plötzlich viel mehr Leute –, der Tag war zu schön, um mit Kevin drinnen zu bleiben. Marcus hatte seine kurzen Hosen angezogen, leichte Schuhe und ein verblichenes Hemd. Ein Tag, an dem man am besten mit Freunden zusammen war, Ball spielte oder einfach herumging, sich unterhielt. »Ist es Ihnen recht, wenn ich Kevin heute nachmittag mit raus nehme?« fragte er Karen. »Ich könnte mit ihm in den Zoo gehen.« Karen trug eine dicke Hemdbluse und ein Jacket. »Es wird Ihnen zu warm werden«, warnte er sie.

Karen tat, wie so oft, als ob sie ihm gar nicht zugehört hätte oder nur teilweise. »Das mit dem Zoo ist eine gute Idee. Sie passen aber gut auf Kevin auf? Was ist mit seinem Schläfchen?«

»Ich nehme eine Decke mit. Vielleicht möchten Sie auch mitkommen?« sagte er mutig.

Sie tat es mit einer Kopfbewegung ab. »Kevin«, rief sie. »Mommy geht jetzt.«

»Nehmen Sie sich den Tag doch frei.« Er stand ganz nahe bei ihr, seine Augen lagen wie gebannt auf der goldenen Kette um ihren Hals. Es wäre so leicht, einfach seine Arme um ihre Taille zu legen . . .

Nachdem Karen weg war, rief er Wendy an und lud sie ein. »Klar«, sagte Wendy. »Ich treff euch dann am Zoo.«

Marcus und Kevin fuhren mit dem Bus zum Zoo und warteten an der Bushaltestelle auf Wendy. Sie hatte ein gepunktetes T-Shirt und Shorts an und trug einen Strohkorb in der Hand. »Wendy«, sagte Kevin. »Hallo Wendy.«

»He, er erinnert sich an dich.« Marcus streichelte Kevin über den Kopf.

»Wieso sollte er sich nicht an mich erinnern? Ich erinnere mich ja auch an ihn. Hallo Kev, schön siehst du aus.« Er war in blaue Turnhosen gekleidet, mit blauen Kniestrümpfen und blauen Turnschuhen. »Du auch«, sagte sie zu Marcus. »Sexy Beine.«

»Dich machen haarige Beine wohl an?« Er schubste sie. »Was hast du denn in diesem so überaus intresssant aussehenden Strohkorb?«

»Süßigkeiten und Obst für später.«

Marcus langte um sie herum nach den Süßigkeiten. Sie stieß ihn weg. »Ich hab gesagt später, du alter Grabscher. Wieso kannst du nicht wenigstens fragen?«

»Nach was fragen? Ich bin kein Grabscher.« Er hatte davon geträumt, nach Karen zu grabschen. Das war in seiner Fantasie, sie zu fassen und zu halten.

Im Tierhaus gingen Wendy und Kevin von einem Käfig zum anderen, aber Marcus blieb vor dem Klammeraffen stehen. Wendy und Kevin kamen zurück. »Da stinkt's«, sagte Kevin.

»Mir langt's jetzt auch«, sagte Wendy. »Bist du fertig, Marcus?«

»Noch nicht ganz«, sagte er. »Schaut mal diese zwei da drüben an, wie sie sich gegenseitig Zeug aus dem Pelz holen.«

»Ach! Das macht mich ja krank«, sagte Wendy. »Komm, Kevin, überlassen wir Rosenbloom den Affen.«

Später fand er sie auf der Wiese unter einem Baum. Wendy wirbelte Kevin an ihren Armen herum. »Weiter!« quietschte Kevin. »Weiter! Marcus, mach du.«

Marcus schwang Kevin herum. »Jetzt ist Wendy dran.« Er faßte sie um die Taille.

»Du suchst wohl Ärger, alter Grabscher!«

»Du suchst wohl Ärger, alter Grabscher!« kam das Echo von Kevin.

»Komm, auf geht's!« Marcus versuchte, sie hochzuheben, aber sie machte sich schwer und stieß ihm ihre Ellbogen in den Bauch. Sie waren sich ganz nahe, er konnte die Sonne in ihrem Haar riechen.

»Okay, sind wir Freunde«, sagte er.

Mit einem Klaps entfernte sie seine Hände. »Wer kann schon mit einer Schlange wie dir befreundet sein?«

»Ach komm, Wendy«, schmeichelte er und legte wieder seine Arme um sie. Er war einer dieser lustvollen Männer, die genug für alle Frauen hatten – alles, was sie wollten.

Wendy machte sich frei. »Wer hat Hunger?«

»Ich möchte eine Banane«, sagte Kevin.

Sie gab ihm eine Banane und Marcus eine Karotte.

»Wo ist das süße Zeug?«

»Das da ist besser für dich, Perversling.«

Zu Kevins Vergnügen tat Marcus so, als ob die Karotte eine Zigarre wäre, bis er sie schließlich verspeist hatte. Dann saßen sie im Gras und schauten den Leuten zu.

»Hab ich dir schon gesagt, was ich wegen Alec beschlossen habe?« fragte Wendy.

»Nein«, sagte Marcus und fühlte sich unbehaglich. Er hatte schließlich mit Alec über Wendy geredet, und Alec hatte klargemacht, daß er Wendy gerne mochte, aber sonst nichts.

»Na ja«, Wendy richtete sich auf. »Ich habe beschlossen, daß es nicht darauf ankommt, was ich fühle. Ich kann nicht etwas erzwingen, was gar nicht da ist. Also, wenn ich noch an ihm hänge, so heißt das nicht, daß es mir jetzt furchtbar schlecht gehen muß. Und überhaupt, was soll das heißen, ich gebe Alec auf! Kann man etwas aufgeben, was man gar nicht gehabt hat?«

Er rieb ihr freundschaftlich die Schulter.

»Ach, es ist blöde!« sagte sie. »Die ganze Sache ist einfach blöde. Ich weiß nicht, wieso ich mich immer wieder auf so was einlasse. Willst du Karten spielen?« Sie holte ein Spiel aus dem Korb und teilte die Karten aus.

Marcus sah sich nach Kevin um, der versuchte, einen heruntergefallenen Ast, der hinter einem Baum lag, wegzuschleifen.

Wendy sah sich ihre Karten an, ordnete sie, dann schob sie sie wieder zusammen. »Komm, spiel aus.«

Marcus legte einen Karo-Buben hin. Wendy nahm ihn auf und legte eine Kreuz-Sieben hin. Die gefiel Marcus nicht. Er nahm eine Karte vom Stoß. Noch ein Bube. Er warf eine Herz-Acht hin. Sie nahm sie auf.

»Du nimmst wohl alles, was ich ablege?«

»Ich nehme doch alles von dir, mein Herzblatt.«

Es ging ihr besser. Er war erleichtert. Dann spazierte Kevin über die Karten. »Nein, Kevin!« Zu spät.

Sie mußten noch mal von vorne anfangen. Kevin plumpste nieder und sah Wendy beim Austeilen der Karten zu. Marcus fuhr ihm über den Kopf. »Du bist ein braver Junge, darfst neben mir sitzen.«

Er sah seine Karten an. »Und wer hat gesagt, ein Mann und eine Frau könnten keine Freunde sein, ohne Sex?«

»Ich weiß nicht, wer das war?« Wendy nahm eine Karte auf. »Und wer sind dieser Mann und diese Frau? Nicht Adam und Eva.«

»Du und ich.« Marcus nahm eine Pik-Königin auf, die Wendy abgelegt hatte. »Der Grund dafür, daß du und ich nichts miteinander haben, ist, daß du nicht mein Typ bist.«

»Du meinst, du bist nicht mein Typ«, sagte Wendy.

Marcus legte einen Herz-König ab. »Ich bin im Nachteil.«

»Darauf kannst du Gift nehmen.« Sie nahm den König auf und legte eine Herz-Neun ab.

»Ich kenne deinen Typ.« Er wollte schon Alec beschreiben, aber dann fühlte er, daß das der Wahrheit zu nahe kam. »Du magst Typen in hochhackigen Cowboy-Stiefeln, mit Muskeln und großer Klappe.«

»O ja, und du stehst auf sexy Blondinen, die über ihren Busen fallen. Sonst müssen sie nichts haben. Aber ich, ich verlange mehr von einem Mann als die Grundausstattung. Erstens muß er natürlich was im Hirn haben, dann Charme, Humor –«

»Das sind alles Eigenschaften, die ich mir zurechne«, sagte Marcus und verbeugte sich bescheiden.

»Ich mag lieber kleinere Männer, du Bohnenstange. Und geheimnisvoll müssen sie sein.«

»Ich weiß, ich bin ein offenes Buch.«

»Und athletisch.«

»Schriftsteller sitzen viel.«

»Du paßt eben überhaupt nicht.« Wendy zeigte ihre Karten, drei Könige und eine Hand voll Kreuz.

»Gewonnen. Außerdem bist du ein schlechter Kartenspieler. Du schuldest mir sechzehn Cents. Bitte zahlen.«

Marcus langte in seine Taschen. »Wo ist eigentlich Kevin?« fragte er und sah sich um. »Er war doch gerade noch da.«

Wendy stand auf. »Kevin«, rief sie.

Er war nicht auf der Wiese. »Du gehst da lang.« Marcus deutete zum Robbenbecken. »Ich schau im Tierhaus.« Er rannte, hoffte, Kevin zu sehen – wie weit konnte er sein?

»Langsam«, rief der Wärter im Tierhaus.

»Haben Sie vielleicht einen kleinen Jungen gesehen?«

»Ich seh Unmassen von kleinen Jungs.«

Marcus rannte wieder hinaus. Er war dagesessen und hatte Karten gespielt, anstatt auf Kevin aufzupassen. Wenn er ihn nun nicht fand? . . . Kevin, wo bist du? Er stellte sich vor, er sei unter ein Auto gekommen . . . oder entführt . . . Weiter weg sah er Wendy winken. Sie hatte Kevin an der Hand. »Er war hinter einem Eichhörnchen her.«

Marcus umarmte Kevin. »Ich hab mir schon Sorgen um dich gemacht.« Sie liefen zusammen zur Bushaltestelle zurück. »Wendy, was wäre gewesen, wenn ich ihn wirklich verloren hätte? Weißt du, welche Verantwortung ich für dieses Kind übernommen habe?« Er fächelte sich Luft zu. Vor Erleichterung war ihm ganz heiß geworden. »Du hast mir das Leben gerettet.«

»Marco, du Kasper. Er war doch nicht einmal verloren gegangen.«

12

»Ist es schon so spät?«

Als Marcus bei Karen ankam, kniete sie gerade am Boden und bürstete einen grünen Stuhl ab.

»Das ist ein hübscher Stuhl. Ist es Eiche?«

Sie stand auf und klopfte sich ab. »Ja. Ich hab ihn in der Garage gefunden. Ich will ihn abbeizen, wenn ich die Zeit dazu finde.«

»Ich werde das für Sie tun«, bot er ihr an.

»Ich hab nicht das Geld, um Sie zu bezahlen.«

»Ich mach mir nichts aus Geld.«

»Nein? Sie arbeiten aber doch hier für Geld, oder?«

»Schon.« Aber wußte sie denn nicht, daß es mehr war als das Geld? Wußte sie das denn wirklich nicht?

»Egal, es ist mir jedenfalls lieber, wenn Sie Ihre Zeit mit Kevin verbringen«, sagte sie. »Aber danke fürs Angebot. Es hat sich alles viel besser entwickelt, als ich gehofft habe. Kevin freut sich schon immer darauf, wenn Sie kommen.«

»Ich mag Kevin auch. Ich komme auch gerne hierher.«

Er wollte mehr sagen, alles sagen. »Ich mag alles –«, er deutete auf das Zimmer. »Die Wohnung, die Bilder, alles. Ich mag Sie.« O Gott, *Ich mag Sie* . . . Kindergeschwätz . . . Babygeplapper.

»Ich mag Sie auch, Marcus.« Sie wischte ihre Hände an einem Lappen ab. »Wäre es vielleicht möglich, daß Sie morgen abend für mich arbeiteten? Ich weiß, es ist wahnsinnig kurzfristig.«

»Kein Problem.« Aber dann fiel ihm Alecs Stück ein. Er und Wendy hatten eigentlich in die Eröffnungsvorstellung gehen wollen. Egal, sie konnten auch in die folgende gehen.

»Sie sind der Traum-Babysitter jeder Mutter. Jede Mutter sollte einen Marcus haben.« Sie tippte ihm auf die Schulter. »Sie sind wirklich lieb.«

Später, als Kevin sein Schläfchen hielt, saß Marcus da, das offene Notizbuch vor sich. Karen hatte ihn nie zuvor gefragt, ob er nachts Babysitten könne. Sie hätte jemand anderen haben können, aber sie wollte, daß er kam. Und dieser Gedanke war so voll von Möglichkeiten, daß er einfach dasaß und träumte, bis das Telefon ihn aufschreckte.

»Allo?« Er vernahm eine fremdartige Stimme mit einem starken russischen Akzent. »Ich suche Marco Markovitsch.«

»Alexandrovitsch, woher wußtest du, daß ich hier bin?«

»Wendy hat's mir gesagt. Ich wußte gar nicht, daß du arbeitest. Ich dachte, du erfindest nachmittags irgendwelche Geschichten.«

»Ich hab zuviel Zeit gehabt.«

»Das hast du mir gar nicht erzählt.«

»Ich wollte mir nicht deine weisen Bemerkungen über Babysitten anhören.«

»Du bist ganz schön raffiniert, Rosenbloom. Junge attraktive Mutter braucht Hilfe. Marcus Rosenbloom ist der Retter. Nettes Arrangement.«

»Nicht die Art Arrangement, an die du denkst.«

»Enttäusche mich nicht, Markovitsch. Heißt das, daß du wirklich babysittest? Erzähl mir das bitte nicht, laß mir dann lieber meine Illusionen. Wendy sagte, deine Arbeitgeberin könnte ein Filmstar sein.«

»Ich bin nur der bescheidene Babysitter.«

»Na ja, vielleicht, aber du bist nicht dumm, du kannst dazulernen. Wäre mir eine Freude, dir ein paar Hinweise geben zu können. Aber warum ich eigentlich anrufe – kommst du zur Aufführung morgen abend? Bei der ersten Vorstellung werden alle da sein, außer Pfeff, der Verräter. Er ist auf 'ner Anti-AKW-Veranstaltung, das ganze Wochenende.«

»Wendy und ich kommen am Sonntag.«

»Sonntag abend! Ich dachte, ihr kommt Samstag?«

»Kann nicht. Hör mal, das gibt dir wenigstens die Möglichkeit, deinen Text besser zu lernen.«

»Du sarkastischer Arsch«, sagte Alec freundlich. »Sonntag abend ist die Party der Schauspieler. Willst du mit Wendy kommen?«

»Wir werden mal darüber reden.«

»Tut das. Gut, es war mir eine Ehre, mit dir sprechen zu dürfen.«

»Ja, das Vergnügen war ganz auf meiner Seite.« Noch ein paar dumme Bemerkungen, und sie hängten auf.

Marcus paßte Samstag nachmittag auf Kevin auf und aß dann mit Karen Abendbrot. »Nichts Besonderes«, sagte Karen. »Tomatensuppe und Käsetoast.«

Es hätte getoastetes Stroh sein können, Marcus würde es nichts ausgemacht haben.

»Sie stehen also kurz vorm Abschluß«, sagte Karen. »Was kommt danach? College?«

»Ich weiß noch nicht. Ich hab ein bißchen geschrieben. Ich hab eine Story beim Playboy.«

»Wirklich? Der Playboy muß besser zahlen als ich!«

»Sie haben sie noch nicht angenommen«, erklärte er lahm, erzählte, daß er immer noch auf die Antwort wartete. »Wahrscheinlich wird sie abgelehnt.«

»Der Konkurrenzkampf muß sehr stark sein. Jeder Schriftsteller möchte gerne Erfolg beim Playboy haben, aber auf jeden Fall glauben Sie wenigstens an sich. Wovon handelt die Story denn?«

Genauso hatte er sich vorgestellt, daß sie reagieren würde, interessiert und aufmunternd. »Es geht um so einen Typ, den ich erfunden habe.« Er erzählte ihr ein bißchen von Victor Gorman.

»Das hört sich gut an.« Sie langte über den Tisch und wischte Kevin den Mund ab. »Ich mag diese Geschichten über exzentrische Charaktere. Ist es jemand, den Sie kennen? Oder sind Sie es selbst?«

»Ich?« Marcus war wirklich erstaunt. »Bin ich denn exzentrisch?«

»Ach, ich hab nur Spaß gemacht. Hilft Ihnen Ihre Freundin beim Schreiben?«

»Wendy? Sie ist nicht meine Freundin. Wir sind einfach nur Freunde.«

»Sie meinen freundschaftliche Freunde?«

Er nickte. »Wir kennen uns schon seit Jahren.«

»Das ist nett. Als ich in die Schule ging, waren Mädchen und Jungen keine Freunde, nicht solche jedenfalls. Ich wollte immer einen Jungen als guten Freund haben.«

Er fragte sie, wo sie studiert hatte. »Wo haben Sie Kunst studiert? Ist das Ihr erster Job im Museum?«

»Ich habe in Temple meinen Abschluß gemacht.« Das war ihr erster Job als Kuratorin. »Ich hab nicht gearbeitet, seit Kevin geboren wurde, aber nachdem sein Vater und ich uns getrennt hatten, mußte ich es.«

»Vermißt Kevin seinen Vater?«

»Ich glaube schon. Scheidung ist für Kinder immer hart. Ein Junge braucht ein männliches Vorbild.«

»Ich hab meinen Vater nie gekannt, nicht mal als ich noch klein war.«

»Wirklich?« Sie sah ihn interessiert an.

»Ich war immer nur mit meiner Mutter zusammen. Und mit Bill, dem Freund meiner Mutter.«

»Na ja, das sollte mich vielleicht ermutigen. Sie scheinen ja trotzdem durch und durch männlich zu sein.«

Später, als Karen sich zum Weggehen fertig machte, badete Marcus Kevin in der Wanne, wobei er Karens Anwesenheit im anderen Zimmer keine Minute vergaß. Er hob Kevin auf die Toilette und wickelte ihn in ein Handtuch.

Alles war bestens gelaufen – Abendessen zusammen und das Gespräch. Sie hatte ihm Fragen gestellt. Sie war wirklich interessiert gewesen. Sie hatte ihm später sogar das Du angeboten. All seine unmöglichen Gedanken nahmen Gestalt an. Karen . . . ihr Kleid würde herunterfallen . . . Verdammt, jedesmal dachte er, wie sie sich ausziehen würde. Aber was hatte sie gesagt? *Sie scheinen durch und durch männlich zu sein.* Das war wirklich. Er hatte sich das nicht ausgedacht.

»Du vergißt nicht, Kevin rechtzeitig ins Bett zu stekken?« Sie stand in der Tür, fertig zum Ausgehen, in einem langen, dunklen Kleid, über dem sie eine Cordsamtjacke trug. Ihr Haar war aufgesteckt, Silber glitzerte an ihren Ohren. Er träumte von ihrem Hals, seine Lippen in ihrem Haar . . . *Bleib, geh nicht, bleib hier bei mir . . .*

»Wing-ding«, sang Kevin. »Wingadingding-dong.«

»Was ist denn das, Liebling? Gib Mommy einen Kuß.« Und weg war sie.

Nachdem Kevin im Bett war, lief Marcus durch das Appartement. *Karen ... ihr Kopf schwebte vor ihm, leuchtete wie eine Kristallkugel* ... Sollte er das aufschreiben? Er konnte nicht entscheiden, ob es eine Inspiration war oder nur idiotisch. Jedesmal, wenn er zum Fenster kam, schaute er hinaus, um zu sehen, ob sie noch nicht käme. Wenn sie zurückkam, würde er ihr aus der Jacke helfen. Seine Arme würden sie umschließen, sie würde sich zurücklehnen ... Er würde gar nichts sagen müssen. Sie würde alles in seinem Gesicht lesen. Was konnten sie denn sagen? *Karen ... Marcus ... Karen ...* Großartige Unterhaltung.

In dem Buch, das er gerade las, gab es auch einen Schriftsteller, der allein und unentdeckt (wie Marcus) war. George Webber. Eine wunderschöne Frau aus der Gesellschaft (Karen?) lud George nach Hause ein. George war gerade erst in die Stadt gekommen, sein Kopf war voll von Vorstellungen, Charakteren, Geschichten. Die schöne Frau aus der Gesellschaft ist älter als George, aber das macht nichts. Sie liebt gute Bücher und große junge Schriftsteller. Die Wände ihres Wohnzimmers sind voll mit Büchern, die Vorhänge zugezogen, die Lampen verdunkelt, ein Feuer brennt im Kamin. Sie sprechen über Bücher, Kunst und Literatur. George Webber ist leidenschaftlich, frei in seinen Ansichten.

Marcus streckte sich aus. Er war George Webber. Und da war Karen, auf der Couch, sah zu ihm auf. Er kniete neben ihr (Marcus kniete neben der leeren Couch). Ihre Lippen teilten sich. Sie nahm ihn in die Arme, zog ihn nieder. Sie küßten sich (Marcus umarmte das Kissen) *O mein Liebling, sagte sie, liebe mich* (Er küßte das Kissen leidenschaftlich) *Liebe mich. Jetzt!* (Er legte das Kissen ganz sanft wieder hin) Rosenbloom, du unglaublichster Liebhaber aller Zeiten.

Später hörte er Karen auf der Treppe. »Hallo Marcus, wie geht's?« Sie kam herein, mit einem kleinen, rothaarigen Mann. »Wie geht's Kevin?« Marcus sah den Mann bestürzt und ungläubig an. Den ganzen Abend hatte er darauf gewartet, daß Karen zurückkam. Marcus allein mit Karen. *Ich bin älter als du, aber das macht nichts. Ich liebe junge, leidenschaftliche Schriftsteller.*

»Marcus, das ist Sid Bauer, der Künstler.« Sie sagte ›Künstler‹, als ob jeder Buchstabe großgeschrieben sei.

»Mmmm, hmmm, mm, freut-mich-Sie-kennzulern'.«

Der Künstler stand mitten im Zimmer und streckte seinen kleinen runden Bauch heraus. »Ja, das ist schon ein besonderer Ort, Karen. Ich kann überall deine Hand sehen.« Auf seinen Stiefeln waren Farbflecken.

Angeberische Cowboystiefel, genauso angeberisch das Hemd.

»Was schulde ich dir, Marcus?« fragte Karen.

»Weiß nicht.«

»Mal sehen, du hast um zwölf angefangen.« Sie zählte die Stunden ab. »Es ist spät. Sid wird dich nach Hause fahren, nicht wahr, Sid?«

Sid, der gerade Karens Wandbehänge besichtigte, drehte sich um. »Klar, wenn du mir eine Tasse Kaffee hinterher versprichst und was Süßes.«

»Ich will gar nicht heimgefahren werden«, sagte Marcus in sehr gedämpftem Tonfall.

»Sind Sie sicher?« fragte der Künstler ziemlich uninteressiert. Marcus sah ihn nicht an, schnappte sich das Geld, das Karen ihm hinhielt, und verließ rasch das Appartement.

13

»Das kam gestern mit der Post«, sagte Sally und gab ihm einen dicken Umschlag. Sie war im Bademantel. Es war Sonntag morgen. Der Umschlag hatte in der Mitte einen Faltknick, und Marcus sah sofort, daß es der Umschlag war, den er schon an sich adressiert zusammen mit seiner Story an den Playboy geschickt hatte. Hatten sie sie angenommen? Oder war seine Story darin, abgelehnt, zurückgekommen? Er war ganz zittrig vor Angst und konnte den Umschlag erst einmal gar nicht öffnen.

O Gott, betete er, *laß es was Gutes sein.*

Sehr geehrter Mr. Rosenbloom! Verehrter Künstler! An unsere verehrteste neue unglaubliche Entdeckung! Und ein Scheck würde dabei sein. *Normalerweise zahlen wir nur 500 Dollar, aber nachdem Ihre Story so außergewöhnlich ist, legen wir einen Scheck über 5000 Dollar bei.*

In seinem Zimmer warf er den Umschlag aufs Bett. Zu dick, um nur ein Brief und ein Scheck zu sein. Das Manuskript war drin. Mach es auf! Tapfer blickte er sich im Spiegel an. Öffne den Umschlag! Sieh den Tatsachen ins Auge! Er schlitzte den Umschlag auf. An seinem Manuskript hing eine kurze vorgedruckte Mitteilung. »Besten Dank für die Zusendung Ihres Manuskripts. Leider haben wir im Moment . . .« Blah, blah, blah. Er knüllte das Blatt zusammen und warf es unter das Bett.

An diesem Abend bekam Marcus das Auto seiner Mutter. Die Ablehnung seiner Geschichte hatte er aus dem Gedächtnis gestrichen. Na ja, nicht ganz, aber auf jeden Fall hatte er sich vorgenommen, nicht mehr daran zu denken oder davon zu sprechen.

Wendy nieste, als sie ihm die Tür aufmachte. Sie hatte ein Kleid an und trug hohe Schuhe. Außerdem hatte sie eine Handtasche unter dem Arm. »Die gehört meiner Tante und ist voll von Taschentüchern«, sagte sie mit heiserer Stimme. Sie nieste wieder. »Heute morgen bin ich aufgewacht und hab diese blöde Erkältung gehabt. Ich muß noch Tante und Onkel auf Wiedersehen sagen.«

Tante Ginny und Onkel Doug spielten im Wohnzimmer Backgammon.

»Hallo Marcus«, sagte Tante Ginny. »Nett siehst du aus.«

Onkel Doug, der immer noch den weißen Arbeitskittel der Wäscherei anhatte, für die er fuhr, sah Marcus nicht gerade begeistert an. »Wenn du heut abend zu diesem Stück gehst, Wendy, dann wirst du wirklich krank.«

»Ich muß gehen, Onkel Doug.« Sie nieste wieder, dann gab sie den beiden einen Kuß und sagte: »Und ihr wartet nicht auf mich, ja.«

Im Auto hielt sie die Taschentücher im Schoß. »Wie sehe ich aus, Marcus?«

»Willst du die Wahrheit hören oder eine freundliche Lüge?«

»Vergiß es.« Sie langte nach einem frischen Taschentuch und schneuzte sich, dann nach einem weiteren, um sich ihre tränenden Augen zu wischen.

»Vielleicht bleibst du doch besser zu Hause.«

»Nein. Alec hat mich extra angerufen und gefragt, ob ich komme, und ich hab es versprochen. Was soll er denken, wenn ich nicht da bin?«

»Wahrscheinlich merkt er es gar nicht.«

»Vielen Dank. Du bist ja heute wieder so reizend.«

Er grunzte.

Wendy langte nach einem neuen Taschentuch. »Na, und wie geht's der blonden Karen?«

»Kein Kommentar.«

»Okay, wie geht's mit dem Schreiben?«

»Darüber möchte ich auch nicht reden.«

Wendy schnüffelte. »Schöner Tag heute, nicht wahr?«

Marcus schwieg, er war wieder daran erinnert worden, daß der Playboy seine Geschichte abgelehnt hatte. Jedesmal, wenn er daran dachte, fühlte er sich miserabel. Schließlich sagte er: »Der Playboy hat meine Geschichte abgelehnt.«

»Was? Meine Ohren sind verstopft.«

»Der Playboy hat meine Geschichte abgelehnt«, sagte er noch einmal ganz laut. Gleich würde er zu schreien anfangen. »Sie haben sie zurückgeschickt, unberührt, ungelesen. Sie haben sie nicht gewollt.«

»Oh, das tut mir leid.« Wendy berührte seinen Arm. »Ich weiß, wie wichtig das für dich war.«

»Vergiß es.«

»Gut, mach ich.«

Sie zog sich zurück. Jetzt saßen sie beide hartnäckig schweigend da.

Marcus hatte das Gefühl, daß er sich wieder mal wie ein Idiot benommen hatte, und als sie am Theater angelangt waren, sagte er: »Wendy, entschuldige bitte.« Er legte seine Hand aufs Herz. »Ich bitte demütig um Entschuldigung. Ich hab mich heute abend wieder mal unmöglich benommen.«

»Wie bitte?«

»Es ist nicht immer leicht mit mir.«

»Kein Kommentar.«

»Du mußt zugeben, ich habe ernsthafte Anstrengungen unternommen, mich zu bessern.«

»Hab ich nicht viel von bemerkt.«

»Mußt du bei allem, was ich sage, was einzuwenden haben?«

»Wieso soll ich dir denn zustimmen, wenn du sowieso nie recht hast?«

Sie parkten und liefen dann zum Theater. Wendy ging unsicher auf ihren hohen Absätzen und klammerte sich an Marcus Arm. »Ist das nicht das letzte? Trag hohe Absätze, und du mußt dich an einen Mann hängen.« Sie stieß ihn mit den Hüften an, und er stieß freundschaftlich zurück.

Den ganzen ersten Akt hindurch unterdrückte Wendy ihr Niesen, aber während des zweiten Aktes mußte sie so heftig niesen, daß sie rausrannte. Marcus ging in der Pause zu ihr.

»Soll ich dich nach Hause fahren, Wendy? Du siehst ziemlich fertig aus.«

»Nein, ich bleibe.«

Beim dritten Akt fühlte sie sich wieder besser, und sie blieben, bis die Darsteller wieder herausgerufen wurden, beide hoben sie ihren lautesten Applaus für Alec auf. »Ich hab mir ja gewünscht«, sagte Wendy, »daß er einen Fehler macht, damit ich über ihn lachen kann, aber er war einfach klasse.«

»Er war gut.«

»Er war überhaupt der beste Schauspieler, Marcus, und das weißt du auch.«

Es stimmte. Aber warum fühlte er sich dann so schlecht? Weil er das ganze Stück hindurch immer an seine Geschichte gedacht hatte, und wie Karen gestern mit diesem kleinen fetten Künstler nach Hause gekommen war.

Sie gingen hinter die Bühne. Alec, der immer noch im Kostüm war, küßte und umarmte jeden, der zu ihm kam. Das Make-up ließ ihn aussehen, als ob er noch immer spiele. Terri kam, und er gab ihr einen langen leidenschaftlichen Kuß auf den Mund. Dann bemerkte er sie beide und streckte die Arme aus. »Marc! Wendy!« Er umarmte Marcus, dann faßte er Wendy um die Taille und küßte sie auf den Mund.

»Du warst wundervoll«, sagte sie. Sie war rot geworden, und ihre Augen leuchteten vor Begeisterung. Sie sah überhaupt nicht mehr krank aus.

Eine Frau legte ihre Arme um Alecs Hals. »Ihr wart wunderbar, meine Süßen.« Einen Augenblick später faßte Terri ihn bei der Hand, und sie gingen woanders hin.

Marcus und Wendy standen da und warteten darauf, daß Alec zurückkam. »Was meinst du, wie lange sollen wir warten?« fragte Wendy.

»Von mir aus können wir gleich gehen.«

»Geben wir ihnen noch ein paar Minuten.« Sie zog Marcus aus dem Weg, als jemand mit einer Leiter vorbeikam.

Sie standen noch ein wenig herum. Dann sagte Wendy: »Ich weiß gar nicht, was wir hier noch machen, gehen wir.«

Draußen liefen sie schweigend nebeneinander her. Wendy zog ihre hohen Schuhe aus und ging auf Strümpfen. »Hast du gesehen, wie Alec mich umarmt hat?« Sie tat einen tiefen Seufzer.

»Ich dachte, du bist mit Alec fertig?« meinte Marcus.

»Ich versuche es.«

Marcus wußte, was das hieß. »Ich auch.«

»Meinst du mit Karen?«

»Ja, es ist verrückt.«

»Wir sind beide verrückt«, sagte Wendy und legte ihren Arm um seine Taille.

14

Karen trug ein Kleid, das mit winzigen Blumen verziert war, ihr Haar fiel offen auf die Schultern. »Wenn Kevins Vater anruft, sag ihm bitte, daß er mich morgen wieder anrufen soll, ja?«

Marcus nickte.

»Tschüß, mein Liebling«, rief sie Kevin zu, der auf dem Fußboden spielte.

Als sie weg war, stand Marcus am Fenster. Auf der anderen Seite der Straße hielt Sid Bauer, der Künstler, ihr die Autotür auf. Was sah sie denn bloß in diesem dickbäuchigen, rothaarigen kleinen Angeber? Es war fürchterlich, verliebt zu sein. Da war es noch besser, ein gebrochenes Bein zu haben. Schreib das auf, sagte er sich. Als er das letzte Mal bei Sweeny gewesen war, hatte ihm der Lehrer gesagt, er solle weitermachen. Sweeny hatte fast einen Anfall bekommen, als er hörte, daß Marcus die Victor Gorman Story weggeworfen hatte. »Falsch. Ich verlange, daß Sie die Geschichte noch einmal tippen und zu einer anderen Zeitschrift schicken. Wenn Sie sich schon nach einer Ablehnung geschlagen geben . . . Stellen Sie sich nicht so an! Das nächste Mal will ich was von der Isabel-Geschichte sehen.« Er nahm seinen Rotstift auf. Entlassen.

Also saß Marcus jetzt über seinem Notizbuch. »Isabel«, schrieb er, »nie wirst du erfahren, was du mir angetan hast.« Er saß da und versuchte, sich zu erinnern, wie das gewesen war in der sechsten Klasse, als er hinter Isabel gesessen hatte. Später, er zog Kevin gerade seinen Pyjama an, da klingelte es. Ein Mann in einem roten Anzug, mit einer Schachtel unter dem Arm, war an der Tür.

»Ich bin Bob Lambert.« Er sah Marcus neugierig an. »Wo ist Karen? Ich bin Kevins Vater.«

»Karen ist im Moment nicht da. Ich paß auf Kevin auf. Marcus Rosenbloom.«

Sie schüttelten sich die Hände. Bob Lambert war irgendwie steif und formell. Er sah nicht so aus, als ob er zu Karen passen würde, eher wie ein Minister oder ein Direktor. Er kam die Treppe herauf und hob seinen Sohn hoch. Kevin stieß ihm den Hut vom Kopf und zog ihn an der Nase.

»Willst du deinem Daddy keinen Kuß geben? Willst du auch nicht das hübsche Geschenk ansehen, das ich dir mitgebracht habe?«

»Bist du wirklich und richtig mein Daddy? Laß mich runter.«

»Der ganz wirkliche und richtige.« Lambert öffnete das Paket und hielt ihm einen großen grauen Teddybär hin. »Du kannst heute nacht mit Teddy schlafen.«

Kevin nahm das Stofftier. »Was noch?« fragte er.

Als er ihnen so zusah, kam Marcus die Szene vertraut vor, wie ein Echo aus seiner eigenen Kindheit. Ein Vater kommt nach Hause zu seinem Sohn. Nicht, daß sein eigener Vater jemals so gewesen wäre, nein, aber so hatte er es sich immer vorgestellt, so hatte er von der Rückkehr seines Vaters eines Tages zu ihm geträumt.

Es war nach ein Uhr, als Marcus Karens Schritte auf der Treppe hörte. »Marcus?« Sie war allein. »Ich dachte, du würdest schon schlafen. Wie ist alles gegangen?«

»Gut.« Er sah sie an. Wie immer, waren ihre Augen irgendwo anders. »Kevins Vater war da, um Kevin zu sehen.«

»Und du hast ihn hereingelassen?«

»Ja«, sagte er, überrascht von ihrem Ärger.

»Wer hat dir dazu die Erlaubnis gegeben? Er hat hier nichts zu suchen, verstehst du! Nichts, wenn ich nicht da bin. Und er weiß es. Du hättest ihn niemals ohne meine Erlaubnis hereinlassen dürfen.«

»Okay«, sagte er. »Ich hab's verstanden.« Sie brauchte ihn nicht so runterzumachen. Er fühlte sich zu Unrecht beschuldigt, wollte nicht, daß sie so mit ihm sprach.

»Es wird nicht wieder passieren.«

»Wo ist Kevin?«

»Schläft. Karen, es ist alles in Ordnung. Er hat Kevin nur einen Teddybär gebracht.«

Sie schob ihn zur Seite. »Das kann ich mir vorstellen!« Er folgte ihr in Kevins Zimmer. Karen beugte sich über den Jungen, zog seine Decke zurecht und nahm dann den Teddybär. Sie standen in dem schwach beleuchteten Zimmer. »Ist das der, den er mitgebracht hat?«

»Er war nur ein paar Minuten hier«, flüsterte Marcus.

»Es wird nicht wieder alles nach seinem Kopf gehen! Kommt hierher, wann es ihm gerade gefällt, und denkt, er kann mich immer noch einschüchtern. Aber das kann er nicht, nicht mit mir!«

»Karen, es tut mir leid, ich hab das wirklich nicht gewußt.«

Sie ließ sich gegen die Wand fallen und rieb sich nervös die Schläfen. »Ich hasse dieses ständige Kämpfen.« In dem schmalen Flur war seine Hand an der Wand ihrem Gesicht ganz nahe. So nahe. Er fühlte, sie wollte etwas von ihm. »Ich werde ihn nie mehr hereinlassen.« Worte, nur Worte. »Du kannst dich auf mich verlassen.« Worte konnten nicht zeigen, was er fühlte. Mehr als Worte ... er wollte ... Seine Hand fiel auf ihre Arme. Er zog sie an sich, beugte sich über sie, versuchte sie zu küssen.

Sie stieß ihn weg.

»Bitte ... ich meine ... laß mich ...«

»Um Himmels willen, Marcus!« Sie wich zur Seite aus.

»Was tust du denn? Und das jetzt, wenn ich total mit den Nerven fertig bin, willst du – Weil ich alleine bin, denkst du – O nein! O nein! Ich kann sehr gut alleine zurechtkommen, danke. Ich brauche deine Art von Hilfe nicht!«

»Ich wollte nicht –« Er versuchte zu sprechen, zu erklären. »Ich wollte doch nicht –«

»O doch, du hast gewollt! Du hast es gedacht. Erzähl mir nicht, daß es nicht stimmt! Du hast es gedacht. Aah, Männer! Und ich glaube, du denkst auch noch, ich soll dankbar sein. Nein, danke.« Sie stieß ihn durch den Flur, schlug mit dem Teddybär auf ihn ein. »Also gut, ich weiß Bescheid, geh jetzt. Geh einfach. Und du brauchst gar nicht erst wiederzukommen!«

Marcus fuhr durch die dunklen, verlassenen Straßen, mit gesenktem Kopf lenkte er sein Fahrrad von einer Straßenseite auf die andere. Er fuhr durch die Lichtkegel der Straßenlampen, dann durch Dunkelheit, dann durch Licht, dann wieder Dunkelheit. Er war den Tränen nahe, murrte, beschimpfte sich. Er hatte sie gebeten. Wie konnte er betteln? *Bitte, laß mich.* »Oh, oh, oh.«

Wendys Haus war dunkel. Er klopfte an ihr Fenster. »Wendy, ich bin's, Marcus.«

Ein Schatten bewegte sich, und ihr Gesicht tauchte auf.

»Marcus?«

»Ich muß mit dir reden. Mach auf.«

Sie öffnete die Tür, eine Decke um sich herumgewikkelt. »Was ist denn los? Es ist nach zwei Uhr.« Er folgte ihr in das dunkle Zimmer. »Mach kein Licht«, sagte sie, »und sprich leise, sonst weckst du sie auf. Warte einen Moment, ich will mein Gesicht waschen.«

Sie ging hinaus.

Marcus drückte sich in den Stuhl. Es war behaglich hier

drin, ein warmer Nachtgeruch, Haar, es roch moschusartig . . . Seine Augen brannten. Wendy kam zurück, kletterte ins Bett und zog die Decke über ihre Schultern. »Ist dir kalt? Willst du eine Decke?«

Marcus sank tiefer in den Stuhl, schloß seine Augen. Zuerst konnte er gar nicht sprechen. Dann erzählte er es ihr. »Ich hab alles verdorben, Wendy. Ich hab sie angemacht. Wie konnte ich das nur tun? Wie konnte ich nur so blöd sein?«

»Es ist nicht blöde, jemand zu wollen, jemand zu lieben, Marcus.«

»Du verstehst mich nicht! Sie wollte nicht.« Er ging zum Fenster, sah hinaus, und setzte sich dann aufs Bett neben Wendy. »Sie haßt mich, verabscheut mich. Ich kann nicht mehr hingehen.« Tränen traten in seine Augen. Wendy legte ihre Arme um ihn. Er ließ sich halten, fühlte die kratzige Decke an seiner Wange, fühlte, wie sich ihre Brüste hoben und senkten. Er war verzweifelt. Er war sich seiner Verzweiflung bewußt. Es tat weh. Es tut so weh, dachte er. Das ist Schmerz, das ist Trauer, so fühlt es sich an, wenn man liebt und nicht wiedergeliebt wird. Es schmerzte, und in einem kleinen Eckchen seines Kopfes glorifizierte er diesen Schmerz. Jetzt, da er den Schmerz kannte, konnte er weinen, er hatte etwas Wirkliches und Schreckliches erlebt. Und bei all dem war er sich immer noch bewußt, wie Wendy ihn an ihre Brust drückte, ihre Hand um seinen Kopf gelegt.

15

Im Badezimmer, ein Handtuch um die Hüften geschlungen, bürstete sich Marcus die Zähne. Gestern, den ganzen Tag, hatte er auf eine Nachricht von Karen gewartet, eine Bitte, daß er zurückkommen solle. *Alles vergeben.* Warum war sie so ärgerlich geworden? Weil er sie brauchte, wollte? War das so falsch? War dieser dickbäuchige Künstler besser als er?

Er streckte seine Zunge heraus – bah – und bürstete sie. Im anderen Zimmer unterhielt sich Wendy mit Sally. Wendy war hier – gut. Vielleicht sollte er rüber ins Wohnzimmer gehen und alle ein wenig aufheitern.

Hosen an, Hemd reingesteckt. Ein paar Geldscheine aus der Kommode nehmen. Er war fertig zum Weggehen. »Wendy, kommst du?«

»Wieso denn diese Eile?« fragte Sally. »Ich hab dich die ganze Woche nicht gesehen.«

»Jetzt nicht. Wir müssen weg, Sally. Komm, Wendy, wir gehen.« Und schon war er draußen.

»Wie geht's dir denn, Marcus?«

Er fuhr mit dem Zeigefinger zum Kopf und tat, als wolle er abdrücken.

»So schlecht?« Wendys Haar stand heute wieder um ihren Kopf wie ein Heiligenschein.

Marcus überquerte die Straße zum Süßwarenladen. Vergiß Karen . . . vergiß sie . . . Wie hatte er nur betteln können? Er hatte vorgegeben, daß seine Gefühle so rein und edel seien. Liebe und Verehrung. Aber die ganze Zeit hatte das Tier in ihm seine Hand auf ihre Brüste legen wollen. Marcus, das Tier. Das war er. Er fühlte, wie sich die Haut um seinen Mund straffte, seine Lippen sich zynisch verzogen. Die Lippen eines Zynikers, für immer in sein Gesicht gebrannt. Kalte, hochmütige Lippen, ein Gesicht, das die Frauen erzittern ließ. Er betrachtete seine Grimasse im Fenster des Ladens. Ein bißchen zu theatralisch.

Sie wurden von einem hübschen Mädchen in einer rosa Uniform bedient. Sie hatte einen vollen kleinen Mund, einen vollen, heißen, schlüpfrigen Mund. Er bestellte fünf oder sechs verschiedene Sachen. »Was möchtest du denn, Wendy?«

»Hab 'ne Magenverstimmung.«

Er nahm die Sachen, steckte sie in eine Plastiktüte, dann liefen sie zum Park. Dort ließ er sich ins Gras fallen und sah zum Himmel hinauf. »Wendy B., es ist überaus geduldig, freundlich und nett von dir, es mit mir auszuhalten.«

»Wie du meinst.«

»Weißt du, was ich mit diesem Krapfen hier machen möchte?« sagte Marcus. »Ich möchte ihn am liebsten Karen ins Gesicht schmeißen.«

»Du tust gerade so, als ob sie dir etwas getan hätte.«

»Hat sie auch. Sie hat sich so begehrenswert gemacht. Sie hat mich dazu gebracht, sie zu küssen.«

»Das letzte Mal hast du mir aber etwas anderes erzählt.«

»Wendy, auf wessen Seite bist du?«

»Ist das ein Krieg? Du hast doch sie angemacht, nicht sie dich. Du hast sie angegriffen.«

»Angegriffen!« Marcus setzte sich auf. »Also bin ich jetzt ein Krimineller.« Er feuerte den Krapfen auf den Boden. »Mein Gott, Wendy, ich hab sie geküßt, das ist alles. Ist das ein Verbrechen? In der Skala der Verbrechen, von da, einem Kleinkind den Lutscher wegnehmen, bis hin zu einem Mord, wo gehört es denn hin, einen Kuß zu stehlen? Wo würdest du es einordnen, Wendy? Ist es ein schweres Verbrechen oder ein leichteres? Und wenn du's genau wissen willst, ich glaube sogar, daß ich ihr einen Gefallen getan habe, als ich sie geküßt habe.«

»Und wenn du mich fragst, dann hast du dir ein Recht herausgenommen, das du nicht hattest.«

Er sah auf. Hinter den Bäumen spielten ein paar Leute Baseball. »Neulich nachts hast du aber was ganz anderes erzählt.«

»Da ging es dir schlecht.«

»Mir geht's immer noch schlecht. Bin ich denn so abscheulich? Ich bürste mir jeden Tag die Zähne. Hab ich Mundgeruch, Wendy? Du sagst es mir doch, oder? Was macht sie so erhaben, so viel besser als mich, daß sie mich beleidigen kann?«

»Dich beleidigen? Das glaube ich nicht.«

»Sie hat mich mit dem Teddybär geschlagen. Lach nicht. Niemand mag gerne mit einem Teddybären geschlagen werden. Was wäre, wenn ich dich küssen würde? Würdest du mit einem Teddybär nach mir schlagen?« Er langte zu ihr hinüber und zog sie zu sich hin.

»Marcus!« Sie hob einen Krapfen auf.

»Tu es!« Er schob sein Gesicht nach vorne. »Genau in meinen Mund, schlag mich zu Brei.«

»Führ mich nicht in Versuchung.«

»Na komm schon, zermalme mich. Ich wollte schon immer mit einem Krapfen geschlagen werden.«

»Ich kann schon hören, wie du nach der Polizei schreist: ›Diese Frau hat mich gerade mit einem Krapfen angegriffen.‹ Sie werden es zu den Akten nehmen, zusammen mit deiner anderen Beschwerde über die Schlacht mit einem Teddybär.«

Marcus ließ sich wieder auf den Boden fallen, seine Hände hinter dem Kopf verschränkt. »Ich will über Karen nicht mehr reden. Ich hab das Thema satt. Du hast recht, Wendy, ich hätte sie nicht anrühren dürfen. Ich weiß es, aber ich hasse sie trotzdem.«

«Hör auf, darüber nachzudenken.«

»Denkst du nicht auch noch über Alec nach?«

Sie zuckte mit den Schultern.

»Siehst du. Du denkst immer noch an ihn.«

»Nein, tu ich nicht! Nicht viel jedenfalls.«

Marcus fuhr ihr durchs Haar. »Du kannst dich zumindest immer an meinen männlichen Schultern ausweinen, Wendy, wenn dir danach zumute ist. Ich hab es an deinen schon zur Genüge getan.«

Am Dienstag kam Bill nach Hause. Er sah braun und gesund aus, und es war ein Riesentrubel. Bill schüttelte Marcus die Hand, gab ihm einen Schlag auf die Schulter. Ein muskulöser, männlicher Gruß. Es war gut, daß Bill wieder zurück war.

Sally holte Flaschen hinten aus dem Schrank hervor und stellte sie auf den Servierwagen im Eßzimmer. Sie trank nie etwas, wenn Bill nicht da war. Bill goß jedem ein Glas Wein ein.

»Oh, bevor ich es vergesse«, sagte Sally und stellte ihr Glas ab. »Es hat jemand für dich angerufen, Marcus. Die Frau, für die du arbeitest, wollte, daß du mal vorbeischaust.«

Marcus setzte sich. Unruhig hielt er das Glas in der Hand, dann stellte er es ab.

»Ich geh noch mal weg«, sagte er. »Ich muß noch was erledigen.«

Er nahm sein Fahrrad über die Schulter und ging rasch hinaus.

Bei Karens Haus angekommen, klingelte er, dann trat er einen Schritt zurück. Sei nicht zu voreilig, sagte er sich, aber ihm war ganz heiß. Er hörte Schritte auf der Treppe. Dann öffnete sich die Tür einen Spalt, und ein Mädchen sah ihn mißtrauisch an.

»Was wollen Sie?«

»Wo ist Karen?«

»Weg. Wer sind Sie? Marcus?«

»Ja.«

»Warten Sie, ich habe was für Sie.« Sie rannte die Treppe hinauf und kam gleich wieder zurück. »Hier.« Sie gab ihm einen weißen Umschlag. »Sie hat gesagt, das soll ich Ihnen geben, wenn Sie kommen.«

Er faltete den Umschlag in der Mitte und steckte ihn in seine Brusttasche. »Hat sie sonst noch irgendwas gesagt . . . daß ich wiederkommen soll?«

»Nein.«

Er nickte und drehte sich um. Als er um die Ecke war, öffnete er den Umschlag. Es war Geld darin, genau der Betrag, den sie ihm fürs Babysitten schuldete. Nicht ein Wort, nicht einmal sein Name auf dem Umschlag. Er steckte das Geld ein und warf den Umschlag fort.

16

(Aus Marcus Notizbuch)

Die Wyoming Straße runterlaufen

An den Häusern vorbei, an Büschen
Und unter Bäumen,
Wo Wurzeln den Gehweg durchbrochen haben,
Wir gehen durch Sonnenschein und im Schatten,
Und du redest und ich hör dir zu,
Oder ich rede und du hörst mir zu.
Du kennst die Pflanzen, die irgendeine Frau auf ihrer Veranda stehen hat, in Tomatensaftbüchsen,

Und ich zeige auf die himmelblaue Farbe, mit der
Jemand sein Haus gestrichen hat.
Und ich habe dieses warme Gefühl der Freundschaft,
Das Reden-und-die-Wyoming-Straße-runterlaufen
Mit-meiner-Freundin-Wendy-Gefühl.

17

Das Geld, das Karen Marcus gezahlt hatte, befand sich im Glaskrug auf seinem Schreibtisch. Jedesmal, wenn er die zerknitterten Scheine sah, erinnerte er sich daran. Es war, wie wenn man eine geschlossene Tür einen Spalt öffnete. Es schmerzte, und er zog sie schnell wieder zu.

Es war nicht mehr Karen. Er konnte Karen vergessen. Er vergaß sie wirklich. Aber die Erinnerung daran, daß er sich wie ein Idiot benommen hatte, die blieb. Das war etwas, was er niemals, niemals, niemals mehr wieder tun würde – wenn er es verhindern konnte – was er bezweifelte.

In diesen Tagen fühlte er sich Wendy ziemlich nahe, sie hatten zusammen etwas durchgestanden. Na ja, nicht genau zusammen, aber sie hatte ihm geholfen, und was sie fühlten und die Enttäuschungen, die sie beide gehabt hatten, brachten sie einander näher.

Er hatte es satt, Karens Geld noch weiter anzusehen, und er beschloß, es zu verprassen. Er fragte Wendy, ob sie es mit ihm ausgeben würde. »Es wird eine ›Wie-ich-mir's-abgewöhne-Party‹. Auf Karen.«

»Wir werden eine Doppelfeier daraus machen«, sagte Wendy. »Ich hab Alec heute gesehen. Ich war in seiner Nähe, und es hat mir kaum mehr was ausgemacht.«

Sie gingen in ein persisches Lokal. Marcus trug blaue Hosen und ein weißes Jacket, das er sich von Bill geliehen hatte, und Wendy sah wirklich ganz anders aus, mit dem zurückgesteckten Haar und einem grünen Samtkleid mit dünnen Trägern, das ihre Schultern zeigte. Als der Kellner die Speisekarte brachte und Marcus die Preise sah, mußten sie schnell besprechen, was sie sich bestellen konnten. Es würde keinen Hummer geben, sie mußten ja auch ein angemessenes Trinkgeld einkalkulieren. Für Nachtisch würde es auch nicht reichen. Marcus wollte, daß Wendy sich als erste etwas aussuchte, damit sie etwas Besonderes hätte. »Warum nimmst du nicht Krabben? Ich werde mir die französische Lauchsuppe bestellen.«

»Ich hätte auch etwas Geld mitnehmen sollen«, sagte Wendy.

»Es ist meine Party«, sagte er. »Komm, bestell schon. Ich wollte schon immer mal französische Lauchsuppe probieren.«

Als ihre Bestellung kam, war es nur eine winzige Tasse Suppe für Marcus, aber er aß langsam, damit er lange daran hatte. »Das ist ja gar nichts«, flüsterte Wendy. »Hast du gesehen, was die dafür verlangen?«

»Es ist die beste Lauchsuppe, die ich jemals gegessen habe.«

»Es ist wahrscheinlich die einzige Lauchsuppe, die du jemals gegessen hast. Hier, nimm etwas von mir.«

Marcus blickte sich um. Er sah niemand, der sein Essen mit jemand anderem teilte. »Lieber nicht.«

»Ich esse nicht weiter und lasse dich dabei verhungern«, sagte Wendy. Sie schob ihren Teller zu ihm hin.

Er hatte das Gefühl, die Leute würden sie beobachten; die dachten sicher, sie wären ein Paar oder gingen zumindest miteinander. Hier, so gut angezogen, fühlte er sich auch anders, als ob sie wirklich ein Paar wären. Er mochte die Art, wie Wendy dasaß und wie sie aß. Keiner von ihnen beiden war ganz ungezwungen, aber trotzdem, als Wendy ihm etwas zuflüsterte, fühlte er, daß sie genauso gut waren wie jedes dieser eleganten Paare um sie herum.

Er blickte Wendy weiter an. Was wäre, wenn sie wirklich miteinander gingen? Keiner von ihnen beiden hatte jemand, und sie mochten einander. Er hatte nie vorher bemerkt, wie hübsch ihre Hände waren. Und ihre Schultern. Und wie ihre Ohren am Kopf anlagen. Es war lustig, daß er niemals vorher an ihre Schultern oder Ohren gedacht hatte, oder an ihre Beine. Sie stießen mit ihren Beinen unter dem Tisch zusammen. »Hoppla«, sagte Wendy und zog ihre Beine zurück. Er auch, aber er wollte nochmal an ihre Knie stoßen, vielleicht konnte er ihre Beine zwischen seine nehmen. Oje! Allein der Gedanke an Wendys Beine ließ seine Hose schon wieder enger werden . . .

Marcus veränderte mit einer Grimasse seine Haltung.

»Was ist denn los, Marcus?«

»Mein Fuß ist eingeschlafen.«

»Du mußt dich drauf stellen«, riet sie ihm. »Das ist die einzige Möglichkeit, es schnell loszuwerden.«

»Nein, nein, es geht schon.«

»Mach's! Du mußt dich nicht genieren. Wenn's dir weh tut. – Niemand wird einen Ton sagen.«

Er zwang sich zu einem Lächeln. »Es geht schon wieder.« Aber jedesmal, wenn er Wendy ansah, kam er in Schwierigkeiten. Er hatte sich einfach nicht unter Kontrolle. Er dachte daran, wie frustriert sie beide wegen anderen gewesen waren. Was wäre, wenn sie wirklich miteinander gingen, würde das nicht alle ihre Probleme lösen?

Und dann fiel ihm ein, daß er wie ein Schwein dachte, nur an sich selbst. Es war das mit dem Sex, diese Geilheit, die ihn jedesmal befiel, wenn irgendein weibliches Wesen in der Nähe war. Er erinnerte sich gut, wie er auf Wendy draufgefallen war, und was sie gesagt hatte. Sie hatte klargemacht, daß sie nur Freunde waren. Trotzdem konnte er nicht aufhören zu denken, wie gut es passen würde. Keiner von ihnen beiden hatte jemand anderen, beide waren sie auf der Kinderseite der Mauer hängengeblieben. Er wollte etwas sagen, aber wollte nicht, daß es falsch herauskäme.

»Schau mal, Karen –«

»Karen?!«

Er hielt inne, entsetzt, und schlug sich selbst an den Kopf. »Wendy, Wendy, Wendy!«

Wendy war ein wenig rot geworden.

»Wendy, ich hab nicht an sie gedacht. Ich hab an dich gedacht, an uns, an die Art, wie wir zusammen sind.«

Jetzt war sie wieder ganz bei der Sache. »Was ich gedacht hab . . .« Er spielte mit dem Glas Wasser herum. »Ich glaube, ich habe die Lösung für unser Problem.«

»Ich wußte gar nicht, daß wir eines haben.«

»Du weißt schon, du mit Alec, und ich mit Karen.« Dann verließen ihn die Nerven, und er sagte: »Na ja, wir werden doch wahrscheinlich diesen Sommer etwas zusammen unternehmen, oder? Also, warum sollen wir nicht offiziell zusammen gehen?«

»Zusammen gehen?« wiederholte sie.

»Du weißt schon: Junge–Mädchen. Du Jane, ich Tarzan.«

»Wir sind doch zusammen«, sagte Wendy.

»Aber einfach als Freunde.« Er wurde dann verlegen, weil er diese andere Idee im Kopf hatte und nicht darüber sprach. »Wenn wir zusammen gehen, dann gehören wir zusammen.« Er legte die Hände vors Gesicht. »Ich kann darüber nicht reden. Hör ich mich an wie ein Idiot?« Er ließ seine Hände fallen und nahm sich zusammen. »Okay, Wendy, vergiß, was ich gerade gesagt habe. Fangen wir nochmal von vorne an. Erinnerst du dich, wie wir zu dem Haus deiner Tante gelaufen sind und über unsere Erfahrungen geredet haben? Ich hab dir gesagt, daß ich keine habe, und du warst überrascht und hast dann dasselbe gesagt.«

Sie nickte. »Ich erinnere mich.«

»Gilt das immer noch?«

»Du meinst, ob mit Alec was passiert ist? Ich hab dir doch gesagt, daß nichts passiert ist, Marcus.«

»Ich weiß, aber ich wollte sicher sein.«

»Was ist denn los?« fragte Wendy. »Du willst nichts mit einem Mädchen zu tun haben, das es gemacht hat?«

»Nein, nein!« Sie verstand alles falsch. »Schau mal, wir sind Freunde. Ich mag dich; wir mögen uns. Wir würden uns, na ja, uns eben helfen.« Wenn sie das nicht verstand, dann war es hoffnungslos.

»Was wäre dann anders als jetzt?« fragte Wendy.

Sie verstand ihn nicht. »Oh, wärst du doch nicht so schwer von Begriff«, sagte er. »Was tun Leute denn, wenn sie zusammen gehen, Wendy?«

»Ach, das! Du meinst richtig Freund und Freundin.«

»Bei dir hört es sich so an wie die Unschuld und das Ungeheuer. Ach komm, Wendy, es ist schwer genug, darüber zu reden, auch ohne daß du dich so anstellst.«

»Okay, ich hab's verstanden. Du willst, daß wir miteinander gehen.«

»Richtig, richtig.«

»Oh«, sagte sie. »Oh, ich hab nie gedacht, daß du und ich –«

»Ich weiß«, sagte er. »Aber hab ich dir schon von meiner Mauertheorie erzählt?«

»Welche Mauer ist das?«

»Sie ist wie die Chinesische Mauer, nur daß diese Mauer größer und länger ist und um die ganze Welt geht. Sie teilt die ganze Menschheit. Jeder Mensch ist entweder auf der einen oder auf der anderen Seite der Mauer.«

»Ich hoffe, wir sind auf der gleichen Seite, Marcus.«

»Sind wir, aber es ist die falsche Seite. Wir sind auf der Seite mit den Babys.«

»Das ist doch nett.«

»Nur wenn du ein Baby bist. Wenn du erwachsen bist, dann merkst du langsam, daß es die falsche Seite der Mauer ist, und du willst auf die andere Seite gelangen, zu den Großen. Jeder will über diese Mauer kommen, aber er kann es nicht alleine. Zwei Leute müssen zusammen über diese Mauer gehen. Und manchmal können zwei Leute auf der falschen Seite einander helfen.« Marcus machte eine Pause. »Wenn sie Freunde sind und einander mögen.«

»Wie du und ich.«

»Genau! Na, was sagst du, Wendy?«

»Zu was?«

»Zu der Mauer«, sagte Marcus.

Manchmal konnte sie ihn wirklich zum Wahnsinn treiben.

»Ich kenn die Mauer«, sagte Wendy.

»Und?«

»Und was?«

Jedesmal, wenn sie »was« sagte, fühlte er sich wie ein Idiot. »Willst du mit mir über die Mauer gehen oder nicht?«

»Ich hab schon darüber nachgedacht.«

Sie machte ihn wirklich fertig, wie sie das so ruhig sagte.

»Natürlich hab ich darüber nachgedacht. Oft hab ich gedacht, daß ich einfach rüberklettern möchte, ohne mich dabei auf irgendwas einzulassen, und einfach auf der anderen Seite sein.«

»Aber warum nicht mit mir?«

»Das will ich nicht sagen. Ich hab über viele Möglichkeiten nachgedacht.«

»Was hast du über mich gedacht?«

»Lange Zeit habe ich gedacht, daß wir immer einfach nur Freunde sein werden. Sogar damals, als ich sauer auf dich war, als du wie ein Ochse auf mich drauf gefallen bist. Danach hat es mir richtig leid getan. Du warst so verlegen gewesen. Da hab ich dich richtig geliebt. Ich hab dich immer geliebt, weißt du, aber einfach als Freund.«

»Und Freunde tun so etwas nicht?«

»Nein, vielleicht tun sie es ja auch. Vielleicht ist das wirklich die beste Lösung. Ich habe halt immer auf etwas Umwerfendes gewartet, wie das mit Alec, aber das kann einem auch Angst einjagen.«

Warum brachte sie nun Alec an? Weil sie ihn immer noch mochte, deshalb, weil sie Alec viel lieber mochte als Marcus.

»Ich glaube, daß ich deshalb so auf Alec eingestiegen bin, weil ich mich so allein gefühlt hab. Neu an der Schule, so viel allein. Ich dachte zuerst, daß er wirklich einfühlsam sei.«

»Alec? Einfühlsam?« Oh, das tat wirklich weh.

»Ich weiß, Alec hat nicht das für mich gefühlt, was ich für ihn empfunden habe.«

»Da kannst du drauf wetten!«

»Für eine Weile habe ich jedenfalls gedacht, Alec sei an mir interessiert, mache sich wirklich Gedanken. Ich weiß, daß ich mich mit ihm drauf eingelassen hätte.«

»Das hast du schon einmal gesagt.«

Wendy sah ihn an. »Das ärgert dich. Ich dachte, wir könnten offen miteinander sein.«

Ja, ja, er stimmte zu. Er setzte sein ernstes ›Ich-höre-dir-zu-Wendy-Gesicht‹ auf. Dr. Freud schaut intelligent.

»Was wäre, wenn Karen dich genau jetzt zurückrufen würde? Was wäre, wenn sie sagen würde: ›Komm zurück, Marcus.‹ Würdest du gehen?«

»Nein, jetzt nicht mehr«, sagte er und wußte, daß er log. Er träumte immer noch von Karen, aber in diesen Träumen bettelte er nicht. Und er bekam, was er wollte. Er träumte auch von Bev, und auch von Wendy, und all diese Träume waren nur für ihn, nur zu seiner Befriedigung. Es war selbstsüchtig, er war selbstsüchtig, das war die Wahrheit. Wie sollte er das Wendy erklären?

»Alec und ich waren nie Freunde, nicht so, wie wir beide es sind, Marcus. Ich vermute, deswegen erscheint es mir richtig. Ich meine, zusammen über die Mauer zu gehen.«

»Ja? Du machst es!«

»Ja, aber wir können nichts riskieren.«

»Ich verstehe. Willst du etwas unternehmen? Kannst du die Pille bekommen?«

»Ich will nicht. Meiner Mutter ist sie nicht besonders gut bekommen.«

»Was macht sie denn dann?«

»Sie nimmt die Spirale, aber das geht nicht, wenn man es noch nie vorher gemacht hat.«

»Oh, dann ist es meine Sache. Ich werde mich darum kümmern.«

»Vielleicht würde jemand anderes denken, daß wir ganz schön kaltblütig damit umgehen, weißt du. Ich hab auch nie gedacht, daß ich mal so darüber reden würde.

Aber wir tun es, und ich bin froh darüber. Ich glaube, wir sind uns einig.«

»Das sind wir, ganz bestimmt sind wir das.«

»Ich hab das Gefühl, daß es richtig ist.« Wendy sprach ganz sanft. »Es gibt keinen Jungen, den ich so gern hab wie dich, Marcus. Ich hab bei dir ein gutes Gefühl, und wir vertrauen uns, und wir sind Freunde.«

»Wendy«, sagte er und nahm ihre Hand. »Wir werden danach noch bessere Freunde sein als jemals zuvor.«

18

BARRETT UND ROSENBLOOM TREFFEN EIN ABKOMMEN BEZÜGLICH EINER HEIKLEN ANGELEGENHEIT. EINZELHEITEN NOCH OFFEN.

Nach einer gewissen Zeit von Rund-um-die-Uhr-Verhandlungen haben Marcus Rosenbloom und Wendy Barrett ein Abkommen getroffen bezüglich einer heiklen Angelegenheit. Das Abkommen soll an einem bis jetzt noch nicht näher bezeichneten Ort irgendwann demnächst erfüllt werden. Die beiden jungen Leute, die niemand anderes haben, mit dem sie es tun könnten, sind es müde, darauf zu warten, daß es passiert, und wissen, daß sie einander vertrauen können, daß keiner von ihnen im Hinblick auf das bevorstehende Ereignis launisch oder unangenehm wird, es irgendwie ausnutzen würde oder damit angeben.

19

Marcus lief durch die Drogerie; als erstes sah er in der Abteilung für Zigaretten und Tabak nach, wo sie auch den Playboy verkauften. Dann suchte er bei den Kosmetika, bei Zahn- und Mundpflege, Damenbinden, Vitamintabletten, Shampoos, Kämmen und Bürsten, Pampers ... Alles, nur das nicht, was er wollte. Schließlich nahm er eine Handvoll Kugelschreiber, damit es nicht so aussah, als ob er nur wegen dieses einen Artikels hier sei. Er war ein ganz normaler Kunde.

Er wartete, bis jemand vom Personal frei war. Er hatte seine Frage wohlüberlegt, aber alles, was herauskam, war: »Gummis?«

»Gummis?« Der Mann runzelte die Stirn, er sah aus wie ein Hahn, mit seinem spitzen Mund und seinen blauroten Backen. »Meinen Sie Einweckgummis?«

»Gummis«, wiederholte Marcus, seine Stimme wurde undeutlich. Wie hießen sie denn noch? »Gummis! Sie wissen schon, Gummis!«

»Meinen Sie Kondome?«

»Ja.«

»Warum haben Sie das nicht gleich gesagt?« Der Mann sah über Marcus hinweg. Gab er jemand ein Zeichen? Der Polizei: *Kommen Sie und nehmen Sie diesen Perversling fest!*

»Irgendeine besondere Marke?« Auf dem Regal hinter ihm waren Reihen von kleinen farbigen Schachteln.

»Marke? Nein, ist egal.«

»Welche Art?«

Gab es denn mehr als eine? War es, wie wenn man einen Anzug kaufen wollte? Wollte er etwas Konservatives, oder westernartig, geschmacklos poppig?

»Natürlich, gerippt, extra weich. Wir haben auch farbige.«

»Normale«, sagte Marcus, »durchschnittliche. Ganz einfache.«

Der Mann gab ihm eine kleine Plastikschachtel mit einem Bild von einem Mädchen drauf, deren Haare im Wind flatterten und das ihn an Terri erinnerte. Easy Riders.

»Wie viele Schachteln?«

»Wie viele sind denn in einer Schachtel drin?«

»Ein Dutzend.«

Ein Dutzend würde ihm für den Rest seines Lebens reichen. Er nahm trotzdem zwei Schachteln, aber nur, weil er wahrscheinlich nie wieder die Nerven haben würde, das noch mal mitzumachen. Er wanderte noch ein bißchen herum, mit seinen Schachteln und seinen Kugelschreibern, wartete, bis niemand sonst mehr an der Kasse war. Das Mädchen an der Kasse kam ihm irgendwie bekannt vor. Sie steckte seine Sachen in eine Tüte und gab ihm das Wechselgeld. Er nahm es und verließ fluchtartig das Geschäft.

20

»Hallo, Marcus.« Wendy machte ihm die Tür auf. Sie trug ein rosa T-Shirt und dunkelblaue Cordhosen. »Sag doch noch meiner Tante und meinem Onkel guten Tag. Ich hab ihnen schon gesagt, daß ich weggehe.«

Marcus steckte seinen Kopf in die Küche. »Hallo.« Tante Ginny und Onkel Doug saßen am Tisch, rauchten und tranken Kaffee.

»Ich bin's«, sagte Marcus. Genug? Er war fertig zum Gehen.

Wendys Tante war immer freundlich, aber er wußte nicht, wie er sich dem Onkel gegenüber verhalten sollte.

»Wie ist das Wetter?« fragte Ginny.

»Schön, es ist warm.«

»Ihr Kinder geht spazieren, oder was?«

»Ja, spazieren.«

Onkel Doug sah Marcus an, als ob er genau wüßte, was in dessen Kopf vorging.

Und was ging in seinem Kopf vor? *Solche Sachen. Solche Sachen?* hörte er Wendy sagen, *von welchen Sachen sprichst du denn?*

Von dem halt, würde er sagen. *Du weißt schon, worüber wir uns unterhalten haben. Die Mauer.*

Von dem? Solche Sachen? Die Mauer? Gibt es noch ein anderes Wort? Kannst du dich nicht deutlicher ausdrücken, Marcus?

Natürlich, Schriftsteller können immer deutlicher werden. Wir werden zum Park in der Brick Yard Falls Straße gehen ... Den Hügel hinter der Tecumseh Schule hinaufklettern ... es uns auf einer Decke gemütlich machen, hinter irgendeinem alten Mausoleum auf dem St. Mary's Friedhof ... und überall, wo wir hingehen, werden wir –

»Nimm lieber einen Schirm mit, Wendy«, sagte Onkel Doug. »Es wird gleich tröpfeln.« Nicht einmal Marcus Wetterbericht traute er.

Sie bummelten die Straße entlang. »Deine Tante ist viel freundlicher als dein Onkel.«

»Onkel Doug? Er ist halt so. Aber eigentlich ist er süß. Wohin gehen wir?«

»Ich weiß nicht, einfach spazieren. Komm, wir gehn über das Unigelände.«

Sie schubsten sich freundschaftlich, und er legte seinen Arm um ihre Taille. Dachte sie auch manchmal so wie er? Sie hatte nichts gesagt, und er auch nicht. Reden konnte so roh und unangemessen sein. Er wollte nicht, daß Wendy dachte, er hätte nur dieses eine ordinäre Ziel im Kopf, selbst wenn es so war. Über Sex sprechen, dachte er, machte ihn immer noch verlegen; selbst daran denken machte ihn verlegen. Und wenn man fast achtzehn Jahre alt ist, ist das ganz schön deprimierend.

»Erinnerst du dich an unser Gespräch im Restaurant?« fragte Wendy.

Er drückte sie, und sie drückte zurück. »Natürlich erinnere ich mich daran.«

»Also gehn wir jetzt miteinander? Ist das unser erstes Rendezvous?«

Marcus hob den Ring vom Verschluß einer Coladose auf und stülpte ihn über ihren Finger. »Jetzt ist es offiziell.«

»O Marcus«, Wendy tat ganz aufgeregt, »es ist ja so herrlich. Also, was ist unser Lieblingsessen?«

»Freihoffers Schokoladenkuchen.«

»Und unser Lied?«

»Jetzt fahrn wir übern See, übern See«, sagte Marcus. »Das war mein Lieblingslied seit dem Kindergarten.«

Wendy hängte sich bei ihm ein. »Wir werden uns die gleichen T-Shirts kaufen, welche mit großen, roten Herzen, um sie in der Schule zu tragen, damit jeder es weiß. Und wir werden im Flur und auch sonst immer Händchen halten. Gefällt dir Händchen halten, Marcus?«

»Ahem.« Professor Freud räusperte sich. »Für eine Weile recht gut, aber zweifelsohne beschränkt. Ein Überbleibsel aus den alten Tagen, als Kindern nicht mehr erlaubt war. Eine Art Handschellen. Solange die Kinder

Händchen hielten, solange waren die Hände nicht woanders.«

Ja, zweifellos beschränkt. *Heutzutage gab es 'ne ganze Menge mehr Sachen für Kinder, als das zu tun, Wendy.*

Ahem, Miss Barrett, ich frage mich, ob Sie ein wenig Sport in Erwägung ziehen könnten?

Sport, Mr. Rosenbloom? Welches Spiel haben Sie denn im Sinn?

Es ist ein neues Spiel. Nein, eigentlich ist es gar nicht so neu – nur für uns –, aber ich habe gehört, es sei großartig.

Es fing an zu regnen. Vor ihnen war die riesige Universitätsbibliothek hell erleuchtet. »Laß uns da reingehen«, sagte Marcus. Vielleicht konnten sie zusammen in einer der Nischen verschwinden oder einander zwischen den Bücherregalen umarmen. Das Gebäude war neu und die Böden mit Teppichfliesen ausgelegt. Vielleicht konnten sie in einer abgelegenen Ecke herumblödeln. Sie würden jedenfalls überall hinpassen, ein typisches College-Paar.

Sie gingen die Stufen zum Zeitungs- und Zeitschriftenraum hinunter und amüsierten sich eine Zeitlang damit, sich die Zeitungen aus aller Welt anzusehen. Die einzige andere Person in dem Raum war ein indischer Student mit glattem, schwarzem Haar und Lippen, die die Farbe von Pflaumen hatten. Wenn er ginge, wären sie ganz alleine. Vielleicht konnten sie unter die Regale kriechen und sich mit der New York Times zudecken.

»Schau mal, ob es irgendwelche interessanten Stellenangebote in London gibt«, trug ihm Wendy auf. »Oder Paris; Paris ist noch besser. Ich würde gerne mal dort arbeiten, damit ich richtiges Pariser Französisch sprechen lerne.«

Eine ganze Weile rätselten sie an den französischen und italienischen Überschriften herum, bei den arabischen mußten sie sich allerdings geschlagen geben. Marcus gab es auch auf, darauf zu warten, daß der indische Student ginge. Sie fuhren mit dem Aufzug nach oben und wanderten durch die Räume. Überall waren Leute.

»Komm, wir gehen woanders hin«, sagte er.

Sie liefen zur Marshall Street und kauften sich dort Eis. Wendy hatte eines mit heißem Kakaoüberzug. Ein leichter Regen fiel, ein sanfter Frühjahrsschauer. Vor der Technischen Hochschule lehnten sie sich gegen eine Statue und küßten sich. Ihr erster wirklicher Kuß. Sie berührten sich nur an den Lippen. Ihre waren naß und süß vom Kakao. Er drückte ein bißchen, sie drückte zurück. Ihre Lippen trafen hart aufeinander. Er wollte aufhören und fragen, wie ist das? Aber er wollte auch nicht, daß dieses schöne Gefühl jemals aufhörte. Warum hatte er nicht früher daran gedacht, Wendy zu küssen?

Sie küßten sich wieder. Ihre Lippen öffneten sich. Er hatte Schwierigkeiten, Luft zu holen. Wendy drückte sich an ihn, und sie küßten sich weiter.

21

Es war Sonntag nachmittag, und sie spielten Karten auf Wendys Bett. Regen schlug an die Fensterscheiben. »Laß es regnen«, summte Marcus, während er seine Karten studierte. »Laß es rauschen. Ummmm.«

»Ummm was?« fragte Wendy. Sie nahm eine Karte auf. »Ich gewinne.«

»Ich verliere, du gewinnst«, sang er. Er lehnte sich vor

und küßte Wendy auf den Mund. Sie spielten noch ein Spiel. Er summte, knackte Erdnüsse und fütterte Wendy damit. »Mach auf, Wendybird.«

»Nimm deine Karten, du Eumel.«

»Ummm.« Seine Augen waren bei seinen Karten, bei Wendy, bei ihrem grünen Hemd, das sie mit aufgerollten Ärmeln trug.

»Ummm.« Laß es regnen . . . laß es regnen . . . Das Regenlied . . . Das Wendy-und-Marcus-Lied . . . . . . das wie-krieg-ich-meine-Hände-um-sie-herum-Lied. Es war ein Aus-dem-Regen-ins-Haus-Lied, gemütlich und warm. Es leuchtete in die Tiefe seines Seins, denn bald würde etwas Schönes passieren, sehr bald.

»Ummmm.«

»Ich hör dich gerne singen, Marcus.«

»Sie kommt um den Berg herum, wenn sie kommt.«

Er tippte an ihrem Knie entlang. »Wenn sie kommt.« Er würde sie in seine Arme singen. »Sonntag nachmittag, im Regen mit meinem Schatz. Sonntag nachmittag mit meinem Liebchen.«

»Schöne Stimme.«

»Du und ich«, sang er und legte die Hand auf sein Herz, »können so wundervolle Musik zusammen machen.«

Versteh doch, Wendy! Verstand sie es? Er sang ganz im Ernst, lehnte sich zu ihr, lächelte sie an, liebkoste sie mit seinem Lächeln, Schlafzimmerlächeln.

»Schaust du mir in die Karten, du Betrüger?«

Er schnupperte an ihrem Haar, ihrem Hals.

»Marcus, das kitzelt.«

Verstand sie ihn nicht? Konnte sie nicht in ihm lesen? *Worauf warten wir noch, Wendy, Liebes?*

Durch die Wand hörte er das tiefe Brummen des Kühlschranks und das Geräusch des Fernsehers. *Wir sind allein, Wendy. Die Tür ist zu. Leg deine Karten hin und laß uns einander umarmen. Ich möchte dein Gesicht küssen, dein süßes Gesicht.*

»Gewonnen«, sagte Wendy und zeigte ihre Karten. »Ich kann gar nicht glauben, wie leicht du zu schlagen bist.«

»Machen wir etwas anderes«, schlug er vor. »Kartenspielen langweilt mich.«

»Es regnet.«

»Wir müssen ja nicht rausgehen.«

»Marcus, ich finde nicht, daß das der beste Platz dafür ist.«

»Warum nicht?« fragte er und griff so schnell nach ihr, daß sie vom Bett fiel. »O Wendy!« Er lag einen Moment lang nur da und lächelte auf sie herunter.

Sie küßten sich auf dem Boden, eng aneinander gepreßt. Sie hatte ihren Arm um seinen Hals gelegt. Er fummelte an ihren Knöpfen herum, und sie drehte sich immer wieder um, so daß er nicht darankommen konnte. Schließlich kam sie auf die Knie und schlug ihn mit dem Kissen. »Du Plage!« Ihr Haar stand wirr ab, ihr Hemd hing aus der Hose. »Kämpf um dein Leben!« Er stürmte auf sie zu. Sie stand auf dem Bett und schlug mit dem Kissen auf ihn ein. Sie balgten sich. Wendy schlug auf ihn ein, so hart sie konnte. Er konnte nicht aufhören, nach ihr zu greifen.

»Schlag mich, Wendy, aber ich werde dich kriegen.«

Sie traf ihn mit dem Kissen ins Gesicht. Er schlang seine Arme um ihre Beine und zog sie runter.

»Was zum Teufel geht denn hier vor?« Onkel Doug stand in der Tür. »Was macht ihr Kinder denn hier? Hört sich ja so an, als ob ihr versucht, das Haus einzureißen.«

Marcus fiel in den Stuhl zurück.

»Entschuldige, Onkel Doug.« Wendy stopfte ihr Hemd wieder in den Hosenbund. »Wir haben nur eine Kissenschlacht gemacht. Ich geb Marcus gerade eine kleine Lektion.«

O ja. Marcus lehnte sich zurück und sah Wendy mit strahlenden Augen an. *Gib mir eine Lektion, Wendy. Lehr mich alles, was du weißt.*

»Vielleicht könnt ihr euch ja auch ein wenig zurückhalten«, sagte Onkel Doug, »und euch ein bißchen leiser keilen.«

»Siehst du, was ich meine?« sagte Wendy. Sie fuhr sich durchs Haar und brachte es wieder in Ordnung.

Marcus streckte seine Arme aus und zog Wendy auf seinen Schoß.

»Du mußt in einem fort grabschen.«

»Ich werde jetzt ganz lieb sein. Wirst du auch lieb sein?«

»Ich bin schon viel zu lieb zu dir.«

Dann legten sie sich wieder aufs Bett und küßten sich und streichelten sich, und er war so ungeduldig und er wollte, oh, er wollte so sehr, und sie war weich und warm und ein wenig widerstrebend, und auf dem Bett war ein Durcheinander, und ein Fummeln und Fühlen. Nur ein bißchen mehr ... ein kleines bißchen. Wollte sie auch? ... Wollte sie auch? ... Sie mußte einfach ...

»Onkel Doug?«

»Er wird nicht hereinkommen.«

Kleider, Knöpfe, Haken, Reißverschlüsse. Ungeschickte Finger. Flüstern. »Hast du was?«

»Klar.« In seiner Brieftasche, in einem Geheimfach, sorgfältig in Silberfolie verpackt, hygienisch, sicher.

»Warte. Ich denke, ich höre sie.«

»Keine Sorgen.« Mr. Ruhig und Freundlich. Aber darunter zitterte er, er war so voll Ungeduld, voller Angst und voller Lust.

»Marcus, es ist jemand in der Küche.«

Fummeln, rummeln . . . O Gott, er würde gleich einen Schreikrampf kriegen. Oh, dieser verdammte . . . oh, du Verräter. Du Verweigerer. Er rollte vom Bett.

»He, Wendy«, rief Onkel Doug. »Ich mach Käsetoast. Willst du was davon?«

Wendy setzte sich auf und zog ihr Hemd herunter. »Nein, danke, Onkel Doug.« Dann flüsterte sie Marcus zu: »Gut, daß wir aufgehört haben, er war praktisch schon im Zimmer.«

Schweigen.

»Weißt du, wir müssen es einfach besser planen.«

Schweigen.

»Das ist der falsche Ort, das mußt du zugeben. Wir können es nicht einfach auf diese blöde Art machen.«

Schweigen.

»Ich meine, wir wußten doch gar nicht mehr, was wir taten, oder?«

Schweigen.

»Marcus, sag doch etwas. Sag was!«

SCHWEIGEN.

Marcus lief im Regen nach Hause, zog seine Kleider aus und setzte sich mit einer Tasse heißer Milch in die Küche. Sally und Bill waren ausgegangen. Er hörte die Uhr im Wohnzimmer ticken, und aus der Wohnung über ihm kamen Geräusche, als ob jemand Seil hüpfen würde.

Sag was, hatte Wendy gesagt. Sie wollte immer reden, aber es gab Dinge, wo Reden nicht am Platz war. Sie glaubte das nicht. *Sag's mir, sag mir, was passiert ist. Ist etwas passiert?*

Ja und nein, müßte er dann sagen.

Was ist der Ja-Teil und was der Nein-Teil?

Sie sagte ja, und er sagte nein. *Wendy, was hat das Reden für einen Sinn? Entweder man tut es, oder man tut es nicht.* Und wenn man es nicht tut – wenn man nicht kann – dann kann man genausogut von einem Hochhaus springen!

Er hörte sie schon sagen: Marcus, einmal Versagen heißt doch gar nichts.

Vielleicht für dich, würde er sagen.

Schau, ein kleines Problem –

Kleines Problem, würde er sagen. Hörst du gar nicht, was du sagst? Hast du kein Gefühl? Das war kein Problem wie eine Algebraaufgabe, wo die Antwort hinten im Buch drinsteht. *Das ist mein Leben. Vergiß es, Wendy. Ich gebe das mit dem Sex auf.* Dein Schaden! Dann würde er ihr traurig zulächeln.

Er sah sich, der schriftstellernde Eremit, aber berühmt, und alle Frauen, die ihn zurückgewiesen hatten, würden ihn nun bitten. Oh, die Tragik des Lebens! Er wußte, daß er jetzt wieder schauspielerte, dann dachte er an seinen Vater. Der hatte seine Saat fallengelassen und war dann davongegangen. Marcus war durch Zufall ins Leben gekommen, ein Versehen. Er durfte das nie vergessen.

Als Sally und Bill heimkamen, war es dunkel und regnete immer noch. Sally machte Licht. »Marcus, wieso sitzt du denn hier im Dunkeln herum? Ist etwas los?«

»Gar nichts«, sagte er mit stiller Würde.

»Du hättest mit uns kommen sollen«, sagte Sally. »Wir haben uns großartig amüsiert. Haben uns für Sherwood heisergeschrien.«

Bill nahm eine Grapefruit vom Kühlschrank und begann, sie zu schälen. »Was hast du denn heute gemacht?«

»Nicht viel«, sagte Marcus im gleichen melancholischen Tonfall. Er wollte seine gedämpfte Stimmung nicht aufgeben. Nachdenklich, ein wenig depressiv . . . Ah, Wendy, Wendybird, ich bin vor dir geflohen, aber ich werde zurückkommen.

Als er am nächsten Morgen aufwachte, konnte er nicht schlucken und sein Kopf hämmerte. Trotzdem versuchte er aufzustehen, aber sein Kopf wehrte sich irgendwie, er fühlte sich an wie ein Topf gekochter Kartoffeln. »Ma«, rief er nach Sally. »Ich muß sterben.«

Sally steckte ihm ein Thermometer unter die Zunge. 38,8. Er war wirklich richtig krank. Sally steckte zwei Kissen hinter seinen Rücken und stellte den Fernseher ans Fußende seines Bettes. »Willst du was lesen? Das Licht an? Oder willst du fernsehen?«

Er konnte ja sagen oder nein, konnte grummelig sein und einfach daliegen und an die Decke starren, nicht reden oder sagen, was ihm einfiel, und alles war in Ordnung. Er war krank, es ging ihm schlecht; alles war vergeben. O Wendybird, wenn du wüßtest, was mit mir los ist.

Er schlief ziemlich viel, fast die ganzen Tage und die Nächte durch. Am vierten Tag hatte er zwar immer noch Fieber, aber er schleppte sich ins Badezimmer, duschte und wechselte den Schlafanzug. Seine Großmutter kam ihn besuchen, mit Hühnersuppe. »Wenn du die mit Nudeln zusammen ißt, garantiere ich dir, daß du morgen schon aufstehen kannst.«

Alec besuchte ihn auch. »Wendy hat mir erzählt, daß du schon an der Schwelle zum Tode gestanden hast.« Er lächelte sich selbst im Spiegel zu, dann setzte er sich auf den Stuhl neben das Bett und nahm seine silberne Zigarettendose heraus. »Stört es dich, wenn ich rauche?«

»Ja.«

»Wie lange mußt du noch im Bett bleiben?«

»Womöglich für immer, wenn ich so was wie dich sehen muß.«

»Ach, dir geht es ja schon wieder ganz gut; dir fehlt doch nichts mehr. Wie geht das Schreiben voran?« Er zündete sich eine Zigarette an. »Und wie steht's mit deinem Liebesleben?«

»Wie steht's mit deinem?«

»Comme ci, comme ça.« Alec inhalierte lange und blies den Rauch langsam durch die Nase wieder aus. »Ich bin im Moment nicht richtig ausgelastet. Wie geht's mit dir und Wendy?«

»Okay.«

»Zu dumm, daß ich sie hab gehen lassen. Sie hat mich wirklich gemocht.«

»Zu dumm, daß du deinen Mund nicht halten kannst! Bleib bloß Wendy vom Leibe und halte den Mund über sie.«

Alec fuhr zurück. »Entschuldige, Kamerad, ich wußte ja nicht, wie krank und empfindlich du bist.«

»Krank? Du bist krank! Hau bloß ab, Canale. Wendy hat an dir kein Interesse.«

Alec hob seine Hände abwehrend. »Kein Problem, Kamerad Markovitsch. Vergiß, was ich gesagt habe.«

»Und nenn mich nicht Kamerad, du Trottel.«

»Jetzt klingst du wieder wie immer, Rosenbloom.«

Marcus sank in seine Kissen zurück und war von sich selbst überrascht. Er hatte sich wirklich wie ein Verrückter aufgeführt. »Auf jeden Fall ist Wendy für dich viel zu nett, Canale. Du würdest nicht einmal wissen, was man mit so einer wirklich viel zu netten Frau anfängt.«

22

»Bleib doch noch einen Tag zu Hause«, redete Sally auf Marcus ein, bevor sie am Montag morgen zur Arbeit ging.

»Laß mich, ich kann auf mich selbst aufpassen.« Er war zweifellos auf dem Weg zur Besserung. »Hör auf, mich zu umhätscheln.« Er war voll von Entschlüssen. Es war Zeit, eine positivere Haltung zum Leben einzunehmen. Genau jetzt würde er anfangen zu schreiben, und später würde er Wendy anrufen.

Isabel Malefsky. Er saß mit geöffnetem Notizbuch da und dachte über sie nach. In Miss Blacks sechster Klasse hatte er hinter Isabel gesessen. Damals war er zum ersten Mal in seinem Leben wegen einem Mädchen aufgeregt und nervös. In dem Jahr war er immer noch ziemlich fett und schüchtern gegenüber Mädchen, und er richtete niemals ein Wort an Isabel. Er erinnerte sich, daß er nachts vor ihrem Fenster gestanden hatte und geträumt, daß sie herausblicken und ihn sehen würde.

Es tat gut, das aufzuschreiben. Wie fanatisch, ergeben und dumm er damals gewesen war. Am Valentinstag hatte er ein riesiges Herz aus Bastelpapier gemacht. Innen rein schrieb er: ›Liebe Is, hier ist's, für dich Is, allein, mein Valentinsgeschenk‹. Unterzeichnet hatte er es mit ›Der einsame Wächter‹. Er hatte das Herz in der Nacht vor dem Valentinstag unter ihre Tür geschoben und war dann um sein Leben gerannt.

Am nächsten Tag hatte Isabel jedem in der Klasse das Herz gezeigt. »Hast du mir dieses blöde Valentinsgeschenk geschickt? Du? Oder du?«

Sie stand vor ihm, hielt das Herz zwischen zwei Fingern, als ob es schlecht rieche. Er schüttelte den Kopf. »Du warst es«, sagte sie. »Ich weiß, daß du es warst.« Sie ließ es in den Papierkorb fallen. »Es kann nur so ein Dummkopf wie du gewesen sein.«

So um drei Uhr rief Marcus bei Wendy an. Es dauerte eine Weile, bis sie abhob. »Hallo?« sagte er, »ich bin's.«

»Das hätte ich ja nie erraten.« Lag da ein zurückhaltender Unterton in ihrer Stimme?

»Hast du meine Stimme erkannt?«

»Unverkennbar. Ich bin ja froh, daß du sie wiedergefunden hast.«

»Was meinst du denn damit?« Er war beunruhigt. »Wieso wiedergefunden?«

»Erinnerst du dich nicht mehr? Ich hab ununterbrochen geredet, und du hast keinen Ton gesagt.«

»Ich war ärgerlich.«

»Ich auch, so wie du dich benommen hast.«

»Ich war nicht auf dich sauer.«

»Na, es hat aber ganz so ausgesehen.«

»Was machst du jetzt?« fragte er. »Bist wahrscheinlich beschäftigt, oder? Ich weiß, wie es ist, wenn man so beliebt ist.«

»Ja, meine Fans stehen Schlange. Sie lassen mich keine Sekunde in Ruhe.«

»Warum kommst du nicht her? Komm doch her und bring mir meine Medizin ans Bett.«

»Was für ein unwiderstehliches Angebot. Ist das dein Ernst?«

»Ich möchte dich sehen, Wendy.«

»Wenn das so ist, dann komme ich.«

Wendy kam! Er warf sich aufs Bett, umarmte das Kissen. Sie war in seinen Armen, er umarmte sie fest und fester. »Wendy!« rief er. Au! Sein Hals. »Wendy«, sagte er leiser. »O Wendy!«

Er küßte das Kopfkissen. Er stand auf, wechselte das Bettlaken und den Kopfkissenbezug, duschte, benutzte Körperpuder, zog sich an, kämmte sein Haar. Nein, zu fein! Er brachte alles wieder durcheinander und legte sich ins Bett.

Schließlich hörte er Wendy. Sie unterhielt sich im Wohnzimmer mit seiner Mutter. Plötzlich fühlte er sich unsicher und nervös. Wendy hörte sich so reif an. Ihre Stimme, die Art, wie sie lachte – so sicher und entspannt. Hatte sie sich in diesen wenigen Tagen geändert, jemand anderen gefunden?

»Hey, Wendy«, krächzte er, als er ins Wohnzimmer trat. Sie trug Shorts und Clogs, ihre Beine und Arme waren braun gebrannt. Sie sah einfach fantastisch aus. Er setzte ein glückliches Gesicht auf. »Wie geht's?«

Seine Mutter fühlte seine Stirn. »Ich muß jetzt weg. Ich bin mit Bill verabredet. Ich werde nicht länger als ein, zwei Stunden brauchen. Wirst du ihm noch ein wenig Gesellschaft leisten, Wendy?«

»Wenn es dir recht ist, Sally.«

»Nun, du wirst dich nicht anstecken. Über diese Phase ist er hinaus, aber laß dich nicht von ihm tyrannisieren.«

»Ganz bestimmt nicht, Sally.«

Seine Mutter gab ihm einen Kuß. »Versuch doch, zu Wendy nicht so grantig zu sein, wie du es zu mir immer bist.«

»Ich bin zu Wendy nie grantig.«

»Ich wußte gar nicht, wie krank du wirklich warst«, sagte Wendy, als sie in sein Zimmer gingen. »Sally hat es mir erzählt. Ich hätte früher kommen sollen.«

»Du hättest dir was holen können.«

»Das wäre mir egal gewesen. Wir hätten zusammen krank sein können.«

Im gleichen Bett, dachte er.

»Du siehst aber trotzdem besser aus, als ich es erwartet hätte«, sagte Wendy.

»Das macht deine Gesellschaft. Sie läßt meine Wangen erblühen und meine Stimme silbern erklingen.« Er setzte sich auf den Bettrand. »Bist du immer noch sauer auf mich?«

»Ich war nicht sauer auf dich, Marcus. Du warst derjenige, der sauer war.« Sie ging durch das Zimmer. »Ich hab versucht, es dir zu erklären: mit meinem Onkel gleich daneben, da hab ich mich einfach nicht wohl gefühlt. Und dann hast du kein Wort mehr gesagt. Ich hab mich so blöd gefühlt. Ja, nach dem, da war ich irgendwie auf dich sauer, das stimmt.«

»Ich war ja nicht auf dich sauer. Ich war auf mich selbst wütend, darüber, wie sich alles entwickelt hatte.«

»Es war nicht der richtige Ort, das habe ich dir immer wieder gesagt.«

»Es war etwas anderes.« Er biß sich in die Lippen. Wenn sie es nicht wußte, sollte er etwas sagen? Wollte sie überhaupt noch? »Du weißt nicht, was passiert ist, oder?«

»Doch, ich weiß es. Du bist sauer geworden auf mich, weil ich gesagt hab, daß es nicht der richtige Ort wäre.«

»Nein, es war ja gar nicht wegen dir. Es war wegen mir. Ich hab es versucht und konnte nicht.«

»Konntest was nicht?« Sie blieb am Ende des Bettes stehen.

»Ich konnte nicht ... der, na ja ... dieser blöde ... Es ging eben nicht ... Verstehst du?«

»Oh, so war es? Was für ein Mißverständnis. Du warst auch nervös. Nicht nur ich.«

»Genau.«

»Natürlich. Ich hab was darüber gelesen. Man sagt, neunzig Prozent der sexuellen Gefühle spielen sich im Kopf ab.«

Seine Hände waren feucht. Er wollte, daß sie neben ihm auf dem Bett saß, ganz nah bei ihm. Wollte sie auch? Immer noch? »Was hältst du von Telepathie?« fragte er.

»Hm, ich glaube schon, daß es funktioniert.«

»Paß mal auf.« Marcus legte seine Fingerspitzen an seine Schläfen. »Ich schicke dir eine Botschaft. Erhältst du sie?«

»Warte mal, Professor. Welche Art Botschaft?«

»Eine, die dir sicher gefällt.« Er konzentrierte sich. *Willst du auch? Willst du auch? Willst du?*

»Stop«, rief Wendy. »Ich habe die Botschaft erhalten. Du willst ... willst ... du willst, daß ich mich neben dich aufs Bett setze, habe ich recht?«

Er rutschte zur Seite. »Ganz nahe.« Sie setzte sich neben ihn, und sie hielten sich an den Händen.

»Jetzt spielen wir ein anderes Spiel«, sagte Wendy. »Fragen und Antworten. Ich frage, du antwortest. Was denkst du von mir?«

»Weißt du das nicht?«

»Beantworte eine Frage nicht mit einer anderen Frage.«

»Ich hab letzte Nacht von dir geträumt.«

»Was denn?«

»Kann man nicht beschreiben.«

»Interessant?«

»Sehr.«

»Was haben wir gemacht?«

»Na ja . . . etwas, was wir wollten und doch nicht gemacht haben.«

»Ich kann mir langsam ein Bild davon machen, Swami Bhagwami.«

Sie legte ihren Arm um seinen Hals. Sie küßten sich und lagen dann eng aneinander geschmiegt auf dem Bett. »Du wirst dir meine Erkältung holen«, sagte er.

»Ist mir egal. Ist es nicht schön, wieder zusammen zu sein? Ich hab dich vermißt.«

»Weißt du, daß ich nach dem letzten Mal daran gedacht hab, ein Mönch zu werden, mein Sexualleben völlig aufzugeben, mein Leben nur noch dem Schreiben zu widmen!«

»Du bist nicht der Typ dafür. Laß uns lieber ein bißchen was ausziehn, willst du?«

Das war die dümmste Frage, die er je gehört hatte.

»Die Tür«, sagte Wendy. Er stand auf und klemmte einen Stuhl unter den Türgriff. »Zieh das Rouleau runter«, sagte sie. »Meinst du, daß Sally es merkt?«

»Klar. Mit ihren übernatürlichen Kräften bemerkt sie alles.«

»Es ist mein Ernst. Ich möchte nicht, daß sie es weiß.«

»Warum nicht? Sie hätte dich liebend gerne in der Familie.«

»Ist das ein Antrag? Vergiß es. Ich werde ganz lange nicht heiraten.«

Er küßte ihre Hände. »Wollen wir uns streiten?«

»Nein, küssen wir uns lieber.«

Händchenhaltend küßten sie nicht besonders gut. »Vorhin war es besser«, sagte Wendy. Sie drückte ihn runter und beugte sich über ihn. Nach einer Weile sagte sie: »Marcus, meinst du, es gibt noch jemand, der so langsam und unerfahren ist wie wir?«

»Das bezweifle ich, aber wir machen Fortschritte.« Sie küßten sich wieder, berührten sich, küßten sich und rollten auf dem Bett herum. Sein Atem ging schneller. Er fummelte, aufgeregt und ein bißchen ängstlich. »Wendy, ist es in Ordnung? . . . Soll ich? . . . Ist es in Ordnung?«

»Ja, ja, ja . . . bitte.«

»Wir können jeden Moment aufhören. Du mußt es nur sagen und ich hör auf. Willst du, daß ich aufhöre? Ich tu's, es macht mir nichts aus.«

»Hör auf, so viel zu reden, Marcus. Es ist schön . . . ja . . .«

»Oh . . . O Wendy, mach ich . . . ist es gut so?«

»Ich glaub schon. Ja, ich glaub schon . . . ja . . . gut . . . ja, ja, ja . . .« Sie lachte. »Es ist so lustig. Meine Güte, Marcus, wir machen es!«

Später, als das Rouleau wieder hochgezogen war und die Tür offen, saßen sie sich auf den entgegengesetzten Enden des Bettes gegenüber und sahen sich an. Wendy hatte Spielkarten ausgeteilt, aber sie spielten nicht.

»Ich denke, wir können uns jetzt gratulieren«, sagte sie.

»Gratuliere, Barrett.«

»Gratuliere, Rosenbloom.«

23

Im gleichen Augenblick, als Marcus am nächsten Morgen erwachte, fiel ihm ein, was passiert war – O Wendy! – und er sang ganz laut vor Freude.

Draußen, vor seinem Fenster, hörte er die Spatzen lärmen, auf der Straße brummten Motoren, die Welt erwartete ihn. Er sprang aus dem Bett, wusch sich, zog sich an, machte gar nicht halt fürs Frühstück, stürmte die Treppen hinunter, das Fahrrad über der Schulter. Er trug sein Hemd etwas aufgeknöpft und ein blauweißes Tuch lose um den Hals geschlungen.

Sein Fahrrad glitt die Straße entlang. Es war noch nicht viel Verkehr. Er roch die Abgase, ein kräftiger Geruch von Benzin und Öl. »Guten Morgen«, sagte er zu einem Mann, der verschlafen dreinsah, der sicher vom Gleichen träumte wie er. Marcus fühlte sich jetzt allem gewachsen. Er hatte den Schlüssel zum großen Geheimnis der Welt gefunden. Überall taten es die Leute. Oh, die Welt war toll!

Er fuhr langsamer, damit eine junge Frau die Straße überqueren konnte. Sie zögerte, dann lief sie schnell hinüber. Ihre Füße in kleinen weißblauen Sandalen schienen ihm anbetungswürdig. Hab keine Angst, schöne Frau. Du kannst dich auf Marcus verlassen. Wie er so mit den Autos um die Wette fuhr, fühlte er sich ihnen kameradschaftlich verbunden, ein Mann unter Männern. Gestern noch war er einfach nur ein Kind gewesen, aber heute, heute bin ich ein Mann!

Wendy öffnete ihm. »Marcus?« Wieso war sie erstaunt, ihn zu sehen? »Du bist früh dran. Ich frühstücke gerade.« Sie hielt ihren Löffel hoch.

»Ich hab noch gar nichts gegessen. Ich dachte, wir

könnten zusammen eine Kleinigkeit essen.« Wie hörte sich das an? Zu lässig? Sie war irgendwie anders, als er erwartet hatte. Erinnerte sie sich denn nicht? Sie schien so distanziert, cool, als ob sie sich gerade erst kennengelernt hätten. Die Küche war von einem starken Kaffeeduft erfüllt. Wendys Onkel stand in seiner weißen Arbeitskleidung am Herd und goß sich gerade eine Tasse Kaffee ein. Er schaute auf Marcus Halstuch. »Was ist denn das? Hast du einen rauhen Hals?«

»Cornflakes?« fragte Wendy. »Milch, Bananen? Das typische amerikanische Frühstück. Bitte bedien dich, Marcus.«

Er war hungrig, aber in Gegenwart ihres Onkels fühlte er sich nicht wohl. Der Blick dieses Mannes war irgendwie durchdringend, als ob er erraten konnte, was Marcus mit dem Tüchlein feierte. »Ich warte draußen auf dich, Wendy. Kann ich mein Fahrrad heute hier stehen lassen?«

»Stell es in die Garage«, sagte Onkel Doug, »damit die Kinder nicht damit spielen.«

Etwas weiter hinten stand ein alter Apfelbaum, der mit Blüten übersät war. Marcus brach ein Zweigchen ab.

»Ist das nicht ein wunderschöner Baum?« Wendy klemmte ihr Vesperpaket und ein Ringbuch zwischen ihre Knie und band ihr Haar mit einem grünen Tuch zusammen.

Er gab ihr das Blütenzweiglein. Sie legte es in ihr Ringbuch. »Gehn wir«, sagte sie.

Er hatte mehr erwartet: tiefe, sehnsüchtige Blicke, einen leidenschaftlichen Kuß. »Ich hab noch nichts gegessen«, sagte er ein wenig hilflos.

»Ach Marcus, du bist ja vielleicht ein Vogel, wieso hast du denn vorhin nichts gegessen?«

»Na ja, dein Onkel hat so komisch geguckt. Halten wir eben unterwegs und kaufen was.«

Sie sah auf ihre Uhr. »Dann kommen wir zu spät. Hier, nimm mein Pausenbrot.«

Er aß ein Sandwich mit Ei und Salat und eine Banane. »Ich laß dir den Apfel übrig.«

»Nein, iß nur. Ist nicht so wild. Ich kauf mir in der Schule was.«

»Dann bezahle ich es aber.«

»Ach, vergiß es. Du hast schon oft genug für mich gezahlt.«

Er zerknüllte die leere Tüte und schmiß sie in einen Papierkorb. »Denkst du noch daran?« fragte er. Ihre Augen trafen sich.

»Ich kann an kaum etwas anderes denken«, antwortete sie. »Ich hätte nie gedacht, daß es mir einmal so gehen könnte. Ist es nicht komisch, Marcus; wir sind die gleichen wie gestern, aber es ist anders. Fühlst du das auch?«

»Ja«, sagte er. »Ich fühl mich auch anders, genauso, aber irgendwie anders.«

»Ich dachte, ich würde mich einfach nur toll fühlen. Du weißt schon, ich hab es hinter mich gebracht, ich hab es gemacht, hurra, und so. Aber –«, sie hängte sich bei ihm ein, »ich krieg immer mehr diese blöden besitzergreifenden Gedanken, wie: Er gehört mir, mir, mir!«

Er lächelte. »Das macht mir nichts aus.«

»Aber mir! Ich will niemanden besitzen. Nur weil wir . . . Nein, ich hab wirklich nicht gedacht, daß es so sein würde.«

Sie hielten sich an der Hand, trödelten vor der Schule, hatten keine Lust, sich zu trennen. »Du hast recht«, sagte er, »man sollte sich nicht so aneinander hängen.«

»Manche tun's einfach, und zwar ihr ganzes Leben lang«, meinte Wendy. »Der eine wird so ungefähr zur Lebensversicherung des anderen. Manche fangen schon in der Schule damit an. So wie die aneinander kleben, brauchst du Hammer und Meißel, um sie auseinanderzukriegen.« Der Gong ertönte.

»Ich seh dich dann in der Pause«, sagte Marcus.

»Ich kann nicht. Wir gehen in den Baltimore Wald, eine Exkursion in Botanik.«

»Heißt das, daß ich dich heute gar nicht mehr sehe?« Er konnte die Enttäuschung in seiner Stimme nicht verbergen.

»Ich schau nach der Schule bei dir vorbei.«

Sie trennten sich bei der Turnhalle. »Vergiß es nicht«, erinnerte er sie noch einmal, »ich warte auf dich.«

In der Pause ging er langsam und locker nach draußen, er bewegte sich so, wie er sich schon den ganzen Morgen über bewegt hatte. Nichts mehr übereilen, keine nervösen Bewegungen, kein dummes Herumquatschen mehr. Der neue, perfekte Marcus, er lehnte sich zurück, bewegte seine Schultern frei und leicht. Er lächelte einige Mädchen an, jetzt konnte er ihrem Blick ganz einfach standhalten.

Im Schatten vor der Schule saß er auf dem Geländer mit Pfeff, Gordy und Alec. Es war so heiß, daß sich jeder draußen aufhielt. Pfeff zündete sich eine Zigarre an, und Gordy schnüffelte anerkennend. »Mm, was wir hier erschnuppern, ist das Aroma eines feinen brasilianischen Zigarillos, ein reicher, erdiger Duft.«

Pfeff hielt die Zigarre ein Stückchen weg und betrachtete sie. »So schmeckt sie aber eigentlich nicht gerade.«

»Sag lieber nicht, wie sie schmeckt«, warnte ihn Gordy, »sonst wirst du noch von der Schule geschmissen, wegen Gebrauchs von schlechtem Englisch.«

Marcus Augen folgten den Mädchen in ihren Shorts und den knappen Oberteilen, die langsam vorbeispazierten. War es Wendy gegenüber unfair, wenn er anderen Mädchen nachsah? Musterte sie vielleicht Jungs auch so, wie er diese Mädchen? Er dachte, daß ihm das eigentlich nicht besonders gefiel.

Pfeff und Gordy stellten gerade Betrachtungen darüber an, welche der Mädchen einen Büstenhalter anhatten und welche nicht.

»Mit«, sagte Pfeff.

»Ohne«, kam es von Gordy.

Marcus wandte sich zu Alec. »Wie geht's denn eigentlich Terri? Du erzählst zur Zeit gar nichts von ihr.«

»Sie ist nach Kalifornien gefahren, um ihren Vater zu besuchen.«

»Dann bist du ja ganz allein. Das ist aber traurig.«

Alec zuckte mit den Schultern. »Sie wird noch im Sommer wiederkommen.«

»Ich glaube, ich werde diesen Sommer verreisen.« Marcus zog den Knoten seines Schals zurecht. »Nach Kanada rauf, zum Algonquin Park, oder vielleicht mehr nach Westen.«

»Hey, Marc, da komm ich mit.« Pfeff sprach mit der Zigarre im Mundwinkel.

»Nicht, wenn du solche Dinger rauchst. Außerdem hab ich sowieso schon jemand. Und zwar jemand, der viel besser aussieht als du.«

»Du verreist mit einem Mädchen?« Pfeff spuckte aus. »Wegen den Rundungen, oder? Wer ist es? Du hast doch gar keine Freundin.«

Marcus setzte sich zurück. Alec hörte zu. »Es ist noch im Vorbereitungsstadium.«

»Du meinst, du hast noch nicht mal mit ihr gesprochen?« fragte Pfeff.

»Oh, wir reden schon miteinander, klar.« Er klopfte seine Pfeife am Geländer aus und stand dann auf. »Wir reden sogar ziemlich viel.« Er klopfte Alec auf die Schultern. »Bis bald, Jungs. Ich hab heute nachmittag viel zu tun.«

Es war heiß im Haus. Heiß und ohne jeden Luftzug. Er zog sich bis auf die Unterhosen aus und setzte sich mit seinem Notizbuch ans offene Fenster. Selbstbewußt nannte er seine Geschichte »Ein Dummkopf wie du«.

Später holte er eine der großen Pflanzen seiner Mutter aus dem Wohnzimmer und verschönerte damit sein Zimmer. Wenn Wendy zu spät käme, würde gar nichts passieren. Er war vernünftig und träumerisch zugleich, außerdem voller Pläne. Wenn sie hereinkam, würde er sie in seine Arme nehmen, sie zum Bett tragen, und dann . . .? Er konnte sich gar nicht mehr vorstellen, wie sie es geschafft hatten; das Ganze schien jetzt so außergewöhnlich. Dieses Bett. Genau in diesem Bett! Er dachte an all die Orte, von denen er gehört hatte, daß die Leute es dort machten: auf dem Küchentisch, in der Badewanne, in Fahrstühlen, auf Dächern, sogar in Flugzeugen.

Es klingelte. »Hallo.« Wendys Gesicht war gerötet, ihr Hemd hing aus der Hose. In ihrem Haar steckte ein Gänseblümchen.

»Die ganze Zeit hier drinnen! Wie kannst du das bloß aushalten? Es ist einfach toll draußen.« Sie gab ihm eine Blauhäherfeder. »Ich brauch dringend was zu trinken.«

Er goß ihr in der Küche ein Glas Milch ein und erzählte ihr die Isabel-Geschichte. »Armer Marcus, so grausam wäre ich nie gewesen.« Sie legte ihre Wange an seine. Er legte seinen Arm um sie. »Die Geschichtenzeit ist um.« Er sah ihr in die Augen. »Was möchtest du jetzt machen?« *Ich möchte mit dir ins Bett gehen.*

Sie fächerte sich Luft zu. »Es ist so schwül hier drin.«

»Wie ist es draußen?« fragte er. *Ziehen wir unsere Kleider aus?*

»Oh, nicht schlecht. Willst du raus?«

»Willst du?« *Wir könnten zusammen duschen.*

»Vielleicht können wir einen kühlen Platz finden.«

»Versuchen wir's mal am Dach«, schlug er vor.

Auf dem Dach weichte der Teer vor Hitze schon fast auf, und das Licht blendete. Eine volle Wäscheleine bewegte sich nur leicht im Wind. Es sah so aus, als ob es absolut der schlechteste Platz sei, der Hitze zu entkommen, aber auf der einen Seite des Fahrstuhlschachts war Schatten, dort war es kühler. Und dort, als ob sie auf die beiden gewartet hätte, lag auch eine verblichene alte Matratze.

»Schau mal, was ein netter Mensch uns da hinterlassen hat«, sagte Marcus. Er ging in die Hocke und befühlte sie. »Trocken ist sie auch.«

»Ich kann es nicht glauben«, sagte Wendy. »Wo ist die denn hergekommen?«

»Frag mich nicht, aber ist es nicht toll?«

»Du hast die ganze Zeit gewußt, daß sie hier ist.«

»Ich bin genauso überrascht wie du.« Er ließ sich auf die Matratze fallen. »Jedenfalls bequem. Teste mal. Und das Lüftchen hier ist auch nicht schlecht.«

Wendy setzte sich neben ihn. »Bringst du all deine Mädchen hierher?«

Er kitzelte sie am Hals. »Ein Dummkopf wie ich?«

»Laß das, Rosenbloom.«

Er lehnte sich zu ihr, und sie küßten sich. »Wieso gefällst du mir eigentlich?« sagte sie.

Sie küßten sich wieder.

»Ich hoffe bloß, daß niemand hier rauf kommt«, sagte Wendy.

»Ich lausche. Meine Fledermausohren werden jeden kommen hören, schon sechs Stockwerke weiter unten. Wir sind allein.«

»Das ist auch besser so.« Sie rollte sich halb auf ihn, küßte ihn auf den Mund, dann rollte sie sich ganz auf ihn. Später erinnerte er sich immer noch an die sich leise im Wind bewegenden Wäschestücke, den Geruch von Teer, frischer Wäsche und der muffigen Matratze, und wie sie aneinander geklebt hatten.

24

Als sie wieder mal aufs Dach gingen, war eine Frau mit ihren Kindern dort und hängte Wäsche auf. Sie sah sie lange und mißtrauisch an, bevor sie ging. Das nächste Mal war die Matratze verschwunden.

Am Freitag kam Wendy nach der Schule gleich rüber, und sie gingen in Marcus Zimmer und schlossen die Tür. Bill kam unmittelbar nach ihnen nach Hause.

»Schade. Satz mit X – war wohl nix«, sagte Wendy.

Marcus machte die Tür auf. »Hallo, Bill. Wendy ist da.«

»Wie geht's euch denn?« Bill lockerte seine Krawatte. »Hat Sally dir gesagt, was sie mit dem Abendbrot vorhat, Marc?«

»Keine Ahnung.« Bill sah in der Küche nach einer Nachricht.

»Mach die Tür zu«, sagte Marcus zu Wendy.

»Wir können nicht, Bill ist doch da.«

»Ich weiß. Ich möchte auch nur meinen Wutanfall loswerden.« Er konnte Bill in der Küche pfeifen hören.

»Reg dich doch nicht auf«, sagte Wendy. »Er ist eben da. Wir müssen halt einfach den Gang wechseln.«

»Ich fühl mich aber nicht wie ein Auto«, sagte Marcus. »Ich muß meinen Energieüberschuß loswerden.« Er nahm Wendys Turnschuhe auf und pfefferte sie hinter den Schrank. Dann eine Zeitschrift, dann die Decke, die an einem Ende des Bettes lag, dann das Kopfkissen. »Und jetzt die Matratze. Runter vom Bett, Wendy.«

Sie stand auf und half ihm, die Matratze aus dem Bett zu nehmen. »Wieso schmeißt du nicht einfach deinen Schreibtisch aus dem Fenster?«

Jetzt mußte er doch lachen.

Sie aßen mit Sally und Bill zu Abend. Diese Zusammensetzung war zwar etwas langweilig, aber irgendwie gemütlich und heimelig. Bill sprach über verschiedene Diäten, und Sally stimmte allem zu, was er sagte. »Man kann einfach nicht mehr so viel essen, wenn man älter wird, jedenfalls nicht, wenn man noch etwas in Form bleiben will.«

Marcus gähnte. »Ach kommt, das liebe ich vielleicht, wenn ihr so daherredet. Diese beiden sind so selbstzufrieden«, sagte er zu Wendy. Er war als erster mit dem Essen fertig. »Du bist eine Schlafmütze«, sagte er und legte seinen Arm über Wendys Stuhl. »Wie ist es möglich, daß du so schnell laufen kannst und so langsam essen? Komm, beeil dich.« Dann zog er ihren Stuhl vom Tisch weg und griff sie unter den Achseln. »Du hast jetzt genug gegessen. Du wirst noch dick und rund wie ein Faß werden. Gehen wir. Ich weiß, wo wir wirklich gutes Eis mit heißer Himbeersoße kriegen.«

»Und wir dürfen den Abwasch machen?« sagte Sally.

»Klar, oder habt ihr noch etwas anderes vor?«

»Ha, ha, sehr lustig. Bill hat das ganze Abendessen gemacht. Er hat gesagt, daß du keinen Finger gerührt hast. Jetzt kannst du wenigstens den Abwasch machen.«

»Wie ist es denn mit dir?« sagte Marcus.

»Ich schau zu.«

»Krieg ich dann das Auto?«

Sally sah Bill an. »Haben wir noch etwas vor?«

»Im James-Kino läuft ein Clint Eastwood Film.«

»Ihr wollt in einen Clint Eastwood Film gehen?« fragte Marcus. »Au weia!«

»Mir gefällt Clint Eastwood«, sagte Wendy. »Was findest du denn so schlecht dabei?«

Marcus zog sie zur Seite und flüsterte: »Wird es dich so anmachen, seinen männlichen Körper zu betrachten, daß du die Hände nicht von mir lassen kannst?«

»Nur wenn gleichzeitig Vollmond ist.«

Als der Abwasch erledigt war, hatten Sally und Bill beschlossen, zu Hause zu bleiben, so daß Marcus das Auto bekam. Er und Wendy fuhren eine Weile herum. Es war schwierig, einen richtigen Platz zum Parken zu finden. Etliche Stellen entlang der Fernstraßen und in anderen abgelegenen Ecken waren einfach zu unheimlich. Sie waren schon einmal nachts über eine Stunde lang herumgefahren und hatten nichts gefunden. Diese Nacht hielt Marcus an einer dunklen Tankstelle zwischen ein paar kaputten Autos. Es roch nach Öl. Seine Hand wanderte leicht

Wendys Arm hinauf, verweilte an ihrem BH-Träger. Sie schüttelte seinen Arm ab.

»Was ist?«

»Es stinkt.«

»Du denkst dir nie eine Stelle aus«, sagte er. »Du hast nur immer was daran auszusetzen.«

»Oh, diese hier ist ideal«, sagte Wendy. »Liebst du nicht auch diesen Duft von Öl und Benzin?«

»Hast du vielleicht einen besseren Vorschlag?«

Wendy streckte ihren Kopf zum Fenster hinaus. »Schau, Marcus, dort ist der Große Bär, und das da drüben ist der Nordstern. Erkennst du auch irgendwelche Sterne? Schau, ich glaube, das dort – diese Sterne in einer Reihe, siehst du –, das ist Berenices Haar.«

Er zog sie ins Auto zurück. »Was siehst du jetzt?«

»Einen großen, dunklen, haarigen Kopf.«

»Wau, wau.« Er küßte sie und fing an, ihre Bluse aufzuknöpfen.

»Was machst du denn, Marcus?«

»Rate mal.«

»Ach Marcus, unterhalten wir uns halt mal ein bißchen.«

Er hörte es, aber hörte nicht zu. Es war ihm danach zumute. Es war ihm immer danach zumute! Er faßte sie unter die Knie und zog sie zu sich hin.

Sie machte sich frei. »Was sollen diese plumpen Annäherungsversuche?«

»Ich dachte, du wärst in der Stimmung für Clint Eastwood?«

»Du siehst aber gar nicht wie Clint Eastwood aus.«

»Was ist los, bin ich heute nacht besonders abstoßend?«

»Ich hab eben im Moment mehr Lust, mich zu unterhalten.«

»Okay, also los, unterhalte dich.« Er grinste, aber er fühlte sich betrogen. Er legte seine Hände hinter den Kopf, sah sie nicht an und begann zu pfeifen.

»Jetzt schmollst du wieder«, sagte sie.

»Ich doch nicht, ich pfeife.«

»Müssen wir es denn jede Minute machen? Ist das der einzige Grund, wieso wir weggegangen sind? Nur deshalb?«

»Nein! Wenn du nicht willst, will ich auch nicht. Es macht mir überhaupt nichts aus.«

»Tu nicht so unbekümmert, Marco.« Sie küßten sich. »Weißt du«, sagte sie, »es gibt einfach Zeiten, wo ich halt nicht so will.«

»Dann sollst du ja auch nicht.« Sie küßten sich wieder. Keine Eile. Nette Männer drängeln nicht. Aber die ganze Zeit, wenn sie betonten, wie offen und frei sie immer sein würden, hoffte er, daß sich seine Nettigkeit auch auszahlen würde.

Ein Funkstreifenwagen kam um die Ecke und richtete seine Scheinwerfer auf sie.

»O nein!« rief Wendy.

Es war gut, daß sie immer noch auf den Vordersitzen saßen. Der Polizist stieg aus dem Auto, die schimmernde, schwarze Pistole auf Marcus Gesicht gerichtet. »Zeigen Sie mir Ihren Führerschein und Ihre Zulassung.«

Marcus fühlte ohnmächtige Wut in sich hochsteigen, er fühlte sich behandelt wie ein Kind, das bei etwas Unrechtem ertappt worden war. Wendy sagte kein Wort.

»Wem gehört das Auto?«

»Meiner Mutter.«

»Weiß sie, daß Sie hier sind?«

»Weiß meine Mutter, daß ich hier bin!«

»Hören Sie, das ist privates Gelände. Wenn ich Sie noch mal hier sehe, werde ich Sie und Ihr kleines Fräulein einsperren.«

Der Polizist wartete, bis Marcus zurückgesetzt hatte und davongefahren war, dann folgte er ihnen noch um ein paar Ecken. Marcus kochte vor Wut.

»Fahren wir nach Hause«, schlug Wendy vor.

»Warum? Er hätte uns überhaupt nicht zu belästigen brauchen. Wir hatten nichts getan.«

»Wir hätten es aber sehr wohl gerade tun können, Marcus. Das wäre vielleicht nett gewesen.«

»Darauf hat er wahrscheinlich spekuliert. Polizisten sind wie alle Leute, sie treiben sich rum, um was zu sehen zu kriegen, was sie gar nichts angeht.«

»Ach, ich weiß nicht«, sagte Wendy, »es war privates Gelände.«

»Hast du schon mal gemerkt, daß du auf alles eine Antwort hast!« Er fuhr hinter ein paar Läden, aber es war alles nicht das Richtige.

»Wir geben es besser auf«, sagte Wendy.

»Nein, tun wir nicht.«

»Wieso bist du nur so streitsüchtig?«

»Weil ich ein Mann bin.«

»Dann sei ein bißchen weniger Mann.«

»Ich wette, das würde dir gefallen.«

Er suchte weiter nach einem Platz, der Wendy gefallen würde.

Ihm hätte jeder genügt.

»Wir werden sowieso nichts finden.«

»Doch, wir werden.«

Schließlich hielt er am Ende einer Sackgasse, wo eine Menge Bäume standen, deren Äste bis tief zum Boden hingen. Es gab ein paar Häuser in der Nähe, aber es war dunkel und ruhig und auch kein Verkehr. »Was sagst du dazu? Das ist ideal.«

»Ich hab dir schon gesagt, daß ich meine, wir sollten nirgendwo mehr halten. Ich bin jetzt wirklich nervös.«

Er legte seine Arme um sie. »Du weißt, daß das nicht dein Ernst ist.« Er neckte sie ein wenig. »Ich werde mein kleines Fräulein schon beschützen.«

»He!« Sie stieß ihm den Ellbogen in die Rippen. »Ich hasse dieses Wort.«

Er küßte sie. Sie legte ihre Arme um seinen Hals. Er fühlte sich wieder gut. Es würde geschehen, und er fühlte sich warm, zärtlich und hilfsbereit. »Komm, wir gehen auf den Rücksitz. Hier, nimm meine Hand.«

»Ich bin keine alte Frau.« Sie sah aus dem Fenster. »Ich glaube, ich sehe jemanden.«

»Da ist niemand.«

»Marcus, wir sind genau vor einem Haus.«

»Hör mal, wie still es ist.« Weiter weg gab es ein paar erleuchtete Fenster, aber um sie herum war es ganz dunkel. »Es ist ideal, glaub mir.«

»Und ich sage dir, wir haben heute nur Pech. Außerdem ist es schon spät, wir sind schon so lange herumgefahren.«

»Du willst mich nur noch mehr verrückt machen, nicht wahr? Erst sagst du ja, dann wieder nein.«

Sie fuhr herum. »Was meinst du denn damit?«

»Weibliche Tricks«, sagte er. »Ein wenig Widerstand macht das Spiel noch aufregender.« Er verstand sie genau. Es war wie ein Tanz: Er ging einen Schritt vor, sie einen zurück.

»Weibliche Tricks? Ich! Wendy Barrett gebraucht weibliche Tricks!« Sie lachte. »Das ist ja wirklich unglaublich, Marcus. Wenn es nicht so komisch wäre, wäre es saublöd!«

»Dann komm mit mir auf den Rücksitz«, befahl er.

»Ich spiele keine Spielchen, Marcus.«

Er kletterte wieder auf den Vordersitz, hatte das Bedürfnis, sie zu beißen, und küßte sie hart.

Sie stieß ihn zurück. »Du bist wirklich gemein. Wieso übst du immer so einen wahnsinnigen Druck auf mich aus? Es soll Spaß machen. Jetzt habe ich das Gefühl, daß es das einzige ist, was du im Kopf hast. Tu es, tu es, tu es! Wie eine Horde Affen!«

»Genau.« Er hätte clever sein können und leugnen, aber er war zu wütend. »Ich denke an Sex. Und du tust es auch«, sagte er.

»Ja, aber nicht ununterbrochen.«

Sie war so selbstgerecht. »Das ist doch alles Mist. Vorher hat es dir doch auch nie was ausgemacht. Es ist Schluß, nicht wahr? Kurswechsel. Wir befinden uns wieder im kalten Krieg. Sag es doch, Wendy. Hör auf, darum herumzureden, und sag es.«

»Wovon redest du denn? Schluß? Wieso muß immer gleich Schluß sein? Jedesmal, wenn wir uns streiten, ist für dich Schluß. Der Schluß.«

Halt deinen Mund, murrte er zu sich selbst. Er ließ den Motor an und wendete den Wagen. Es war ihm gar nicht klar, wie sehr er die Kontrolle über sich verloren hatte. Er schätzte die Breite der Straße falsch ein und schrammte an einer Garteneinfassung entlang. Es hörte sich so an, als ob die ganze Seite des Autos aufgerissen worden wäre. Er sprang heraus und rannte um das Auto herum, aber er konnte nichts erkennen. Wendy stieg auch aus. Er fühlte mit dem Finger die Stelle, wo die Farbe weggeschrammt worden war.

»Das wär's dann gewesen«, sagte er. »Das ist das Ende. Wenn das Sally sieht, krieg ich das Auto nie mehr.«

»Es ist nicht so schlimm«, sagte Wendy. »Nur ein bißchen Farbe. Sag ihr, daß du es bezahlst.«

Es war dieser ganze verdammte Abend. Erst andauernd in der Gegend rumgefahren, dann der Polizist, dann der Streit mit Wendy, und jetzt auch noch das. »Fahren wir nach Hause«, sagte er.

»Nein«, entgegnete sie, »jetzt holen wir nach. Der ganze Abend war ein Mißerfolg. Jetzt tun wir das, was uns Spaß macht. Willst du?«

»Mir egal.«

»Aber mir nicht. Komm, wir gehen zum Kuchenladen.«

Gerade strömten eine ganze Menge Leute aus einem Kino in das Restaurant, aber sie fanden einen Tisch weiter hinten. Am nächsten Tisch war eine ganze Clique johlender Jugendlicher.

»Was hältst du hiervon?« fragte Wendy. »Meinst du, es ist ein guter Ort, um etwas nachzuholen?«

Er sah sich um. »Ich weiß nicht.«

»Ideal!« sagte Wendy und sah Marcus vielsagend an.

Sie fingen beide zu kichern an. Er langte unter den Tisch und rieb ihr Knie.

Sie waren wieder Freunde, das war einfach, aber mit dem Auto hatte er recht. Nach diesem Abend war es nichts mehr mit dem Ausleihen von Mutters Auto.

25

Wendy und Marcus hatten beschlossen, am Heldengedenktag ganz früh zum Grünen See hinauszuradeln, damit sie den ganzen Tag zusammen verbringen konnten, bevor Marcus zur Arbeit mußte. Er arbeitete nun seit über einer Woche in Nadias Supermarkt, von vier Uhr nachmittags bis neun Uhr abends.

Es war ein wundervoller Tag, keine einzige Wolke am Himmel. Marcus hatte seine Badehose und ein Handtuch in eine Decke gewickelt, und unterwegs hielten sie an und kauften ein langes italienisches Brot, Milch, Käse und Mixed Pickles. Wendy wollte noch sizilianische schwarze Oliven und Marcus einen gekühlten Sara Lee Schokoladenkuchen. Obwohl es noch früh war, war der Park schon ziemlich voll, und nachdem sie ein wenig geschwommen waren, kletterten sie den Hügel hinauf. Ihre Räder ließen sie abgeschlossen unten.

»Erinnerst du dich an die Isabel-Geschichte?« sagte Marcus. »Sweeny hat sie gefallen, und er hat sie einem Freund gegeben, der bei einer Zeitung Mitherausgeber ist. Vielleicht veröffentlichen sie sie in der Wochenendbeilage.«

»Wann erfährst du das?« fragte Wendy. »Ruf mich an, sobald du es weißt, ja!«

Sie breiteten ihre Decke oben auf dem Hügel in der Nähe einer Baumgruppe aus, dann holten sie das Essen hervor. Die Mixed Pickles waren zu sauer, die Milch warm, und der Schokoladenkuchen fast zerlaufen, aber sie aßen alles auf, bis auf ein kleines Stückchen Kuchen und Brot.

»Das ist ein guter Platz«, sagte Marcus. »Richtig gut.«

»Ja, er ist gut«, stimmte Wendy zu. »Intim, nett.«

Sie wickelten sich in die Decke ein. Er hatte Lust; es war schon eine Weile her. Verborgen unter der Decke küßten sie sich. Marcus machte Wendys Bikini auf. Sie spähten heraus und krochen dann wieder unter die Decke. »Wenn irgend jemand kommt«, sagte Wendy,

»werden wir sagen, daß wir den Film aus dem Fotoapparat nehmen.«

Danach aßen sie den Rest Kuchen und Brot auf. Marcus hatte seinen Kopf in Wendys Schoß gelegt und sah in den Himmel. Wendy kniff ihn in die Wangen und küßte ihn. »Umm, ich mag diese entzückenden dicken Backen.«

Er mußte eingeschlafen sein, denn als er die Augen wieder aufmachte, hatten sich Wolken am Himmel gebildet. Ströme von vollen dicken Wolken stießen ineinander wie volle Schenkel und Brüste. Er begann, von Karen zu träumen. Nichts Ernsthaftes. Er würde irgendwo laufen und sie träfen sich. Er hätte sein Hemd offen, ein Kettchen um den Hals, sein Oberkörper gebräunt, einen weichen italienischen Hut über ein Auge gezogen.

Sie würde ihm entgegenkommen . . . ihn erkennen . . . Er würde ihr genau in die Augen sehen, ein Blick, ein bedeutungsvoller Blick, der ihr alles sagen würde. Er wußte Bescheid. Keiner dieser Männer, mit denen sie immer ausging, wußte mehr als er. Er würde sie nur am Arm berühren und dann weggehen. So wäre es.

»Worüber lächelst du?« fragte Wendy und streichelte seinen Kopf.

»Karen«, sagte er und wußte im gleichen Moment, als er es gesagt hatte, daß es ein Fehler war. Als er erklären wollte, machte er es nur noch schlimmer. »Ich hab nur so vor mich hingeträumt, wie es wäre, wenn ich ihr begegnen würde.« Er redete zu viel. »Es ist ein komischer Gedanke, oder?«

»Wie oft denkst du an Karen?«

»Ich denke nie an sie.«

»Marcus! Gerade eben hast du an sie gedacht!«

»Na gut, manchmal.«

»Wann?«

»Ich weiß nicht. Wieso wirst du so sauer deswegen?«

»Denkst du an sie, wenn wir es machen?«

»Nein, nein!«

»Du tust es doch, nicht wahr?«

»Nein!«

»Ich bin nur ein Ersatz für Karen!«

»Das ist nicht wahr.«

»Was wäre, wenn ich dir erzählen würde, ich träumte von Alec, daß ich zu ihm hinginge und ihm sage, daß, wann immer er wollte . . . Würdest du denken, das ist nur ein kleiner, lustiger Tagtraum?«

»Denkst du an ihn?«

»Nein! Ich denke an dich.« Ihre Augen füllten sich mit Tränen. Sie beugte sich fort, suchte ein Taschentuch und trocknete ihre Augen schließlich an der Decke.

»Ich hab gedacht, du würdest lachen.« Er verteidigte sich lahm, merkte, daß alles, was er sagte, falsch war. »Hör mal, es tut mir leid«, sagte er. »Vergessen wir es doch.« Er versuchte, seinen Arm um sie zu legen, aber sie stieß ihn weg.

»Nein. Nicht. Nicht! Laß mich bloß in Ruhe. Ich will nicht getätschelt werden, Marcus. Ich bin nicht dein Eigentum.«

»Das habe ich nie behauptet.«

»Aber du denkst es.«

Er konnte die Sache nicht in den Griff kriegen. Egal, was er sagte, es machte alles nur noch schlimmer. Es war, als ob er eine schlüpfrige Rutschbahn hinuntersauste, weiter und weiter. Er konnte nicht bremsen.

»Du machst dir gar nichts aus mir«, sagte sie. »Es heißt immer nur: Leg dich hin! Jedesmal wenn du kommst – Leg dich hin!« Sie sprang auf und rannte weg, runter zum Strand. Bis er hinunterkam, war sie schon fort.

Ein paar Mal sah er Wendy in der Schule, aber sie wich ihm aus. Wenn er sie anrief, war sie entweder »beschäftigt« oder »ausgegangen« oder wollte »ihn zurückrufen«. Was war los? Also, sie hatten einen blöden kleinen Streit gehabt. Sie hatten sich vorher auch schon gestritten. Was er gesagt hatte, war so belanglos, ein Ausrutscher. Es bedeutete nicht das, was sie dachte. Er war entschlossen, mit ihr zu reden, und eines Nachmittags ging er zu ihr.

Wendy war da, auf dem Rasen, schaukelte ein paar Kinder. Die Sonne schimmerte in ihrem Haar, das wieder mal zerzaust vom Kopf abstand. Er zögerte. Wie sollte er am besten anfangen? Beiläufig? So tun, als ob nichts geschehen sei? Oder sollte er geradeheraus sein, sofort zur Sache kommen. *Wendy, du machst aus einer Mücke einen Elefanten!*

»Da ist Marcus«, schrie eines der Kinder. Wendy hob den Kopf. »Hallo«, sagte er, während er sich näherte, lächelnd, seine Schultern schwingend, unerschrocken, aber irgendwie besorgt, unsicher, wie sie wohl reagieren würde.

»Hallo«, sagte sie, als ob sie gerade eine Fliege verschluckt hätte.

Marcus lehnte sich an die Stangen der Schaukel. »Wie geht's?«

»Geht schon.«

»Mußt du auf all diese Kinder aufpassen? Wo ist deine Tante? Und wieso gehst du denn nie mehr ans Telefon?«

»Wann?«

»Neulich hab ich angerufen. Wieso hast du nicht zurückgerufen?«

»Kann mich nicht daran erinnern.«

»Sally möchte, daß du mal zum Essen kommst.«

Sie sah ihn an. Er redete, aber sie half ihm nicht. Deshalb hörte sich alles, was er sagte, ganz leer an, wie eine Menge Blah-Blah, als ob er versuchte, einen Ballon aufzublasen, der ein Loch hatte. Im gleichen Moment, in dem er zu reden aufhören würde, das fühlte er, würde der Ballon zusammensinken.

»Willst du am Samstag was unternehmen?«

»Nein.« Sie schob das kleine Mädchen in der Schaukel ein wenig an.

»Soll ich sie anschubsen?«

»Nein.«

Er war da, um sich mit ihr zu versöhnen. Was wollte sie denn? Was war mit ihr los?«

»Warum nicht? Ach komm.« Er schob sie weg, grinste sie an, etwas böse, aggressiv und überheblich. »Laß das mal einen Mann machen.« Er würde sie schon zum Reden bringen, ob sie wollte oder nicht. »Hui!« Er schob die Schaukel an. »Wir streiten doch nicht immer noch, oder? Ich bin nicht sauer.«

»Na großartig.«

»Bist du immer noch sauer?«

»Nein.«

»Gut.« Er lächelte. »Und nachdem ich es auch nicht bin, ist ja alles wieder in Ordnung.«

»Ach Marcus, tu doch nicht so beschränkt!«

Das saß. »Hör mal, was ist denn los? Du bist immer noch sauer, nicht wahr? Wegen dieser Sache mit Karen . . .«

»Ich denke überhaupt nicht mehr daran«, sagte Wendy dünn.

»Gut«, sagte er, obwohl er ihr nicht glaubte. »Ich dachte, du würdest immer noch darüber brüten.«

»Ich hab nie darüber gebrütet. Es hat mir nicht gepaßt, und das hab ich dir gesagt. – Stacy, hör sofort auf, dich mit Meredith zu prügeln. Entweder du spielst schön mit ihr, oder du gehst aus dem Sandkasten.« Sie schob Marcus beiseite und fing an, das kleine Mädchen wieder selbst anzuzuschubsen.

Marcus sah böse zum Hausdach hinauf. »Wieso gibst du es nicht zu, Wendy. Du bist immer noch stinkig. Du sagst, es stimmt nicht, aber es stimmt doch.«

»Nicht wahr.« Sie hörte auf, das Kind anzuschieben. »Ich bin über gar nichts sauer, Marcus. Ich hab nur keine Lust wegzugehen.«

»Höher«, schrie das Mädchen in der Schaukel. »Höher, Wendy!«

»Irgendein besonderer Grund?« Er hätte sie am liebsten genommen und geschüttelt, ihr ins Gesicht geschrien. »Irgendein besonderer Grund, weshalb du nichts tun willst?« fragte er noch einmal.

»Ja.«

»Hast du am Samstag was zu tun?«

»Nein.«

»Also?«

»Marcus, du weißt warum. Laß es mich nicht wiederholen. Es läuft alles immer auf Sex hinaus. Nur darum geht es in unserer Freundschaft: Sex und sonst nichts.«

»Das ist nicht wahr«, sagte er. Unfair. Sie waren Freunde. Es ging nicht nur um Sex. Er war nicht hier, damit sie wieder mit ihm ins Bett ging. Das stimmte nicht. Wieso mußte sie immer weiter darauf herumreiten. »Das ist nicht das einzige, was wir machen.«

»Nein?« Sie lachte spöttisch. »Wieso bist du denn dann hier, Marcus?«

»Weil ich dich mag, und ich möchte, daß wir uns wieder vertragen.«

»Du magst mich? Weshalb? Schwindle nicht.«

»Es ist nicht deswegen.«

»Ist es doch, ist es immer.«

»Ach, Scheiße.« Er ging weg, setzte sich mit einem kleinen Jungen in den Sandkasten und half ihm, eine Sandburg zu bauen. Als er sich umsah, rief Wendy die Kinder zusammen. Ihre Tante kam mit Milch und Süßigkeiten aus dem Haus. »Hallo, Marcus«, rief sie fröhlich, »möchtest du auch was naschen?«

Wendy teilte die Strohhalme aus. Marcus zog sie auf die Seite. »Ich weiß, was du meinst, aber so ist es nicht. Wirklich nicht. Wir machen doch auch andere Sachen. Es ist nicht nur das.«

Sie teilte die letzten Strohhalme aus. »Wann haben wir zum letztenmal einfach herumgesessen, hatten unseren Spaß, wie damals in der Passage – einfach die Leute beobachten, nichts tun?«

»Das können wir doch auch wieder machen. Wir hatten halt keine Zeit.«

»Richtig, das ist es. Wir haben keine Zeit für etwas anderes, als –«

Er wollte ihr beweisen, wie unrecht sie hatte. »Ich hätte Alec von uns erzählen können«, sagte er, »und ich hab es nicht getan.« Das hörte sich sogar für ihn blöd an.

»Willst du eine Medaille dafür?« fragte sie nur.

Er hob seine Hände. »Ach, vergiß es! Ich will dir ja nur etwas erklären. Es ist nicht nur Sex. Ich hab auch Gefühle.«

»Oh, sicher, du hast deinen Kopf in meinem Schoß und träumst ein wenig von Karen. Das ist wirklich lieb und nett.«

»Karen war nichts. Sie wollte einen Babysitter. Nichts ist passiert.«

»Aber du hast gewollt, daß etwas passiert. Tu nicht so

begriffsstutzig, Marcus. Es läuft alles nur auf eines hinaus.« Sie senkte ihre Stimme. »Fast von der Minute an, in der wir angefangen hatten, war es alles, was noch passiert ist. Jetzt tut es mir leid, daß wir jemals damit angefangen haben. Sex ist nicht Grund genug für Sex.«

»Was soll denn das heißen? Das gibt keinen Sinn.« Sie war so hart und selbstgerecht. Jetzt wollte er ihr weh tun. »Du bist so sicher, daß es das ist, was ich will. Vielleicht bin ich aber in dieser Hinsicht gar nicht mehr an dir interessiert?«

»Okay«, sagte sie und warf ihm einen stolzen Blick zu. »Das ist mir nur recht.«

»Dann ist es diesmal wirklich Schluß, ja?« Er hatte das Gefühl, daß sie darauf gewartet hatte. »Du hast bekommen, was du wolltest, ich hab, was ich wollte; wir sind quitt.«

»Ja«, sagte sie. »Ich denke, wir sollten uns nicht mehr sehen.«

»Sollten uns nicht mehr sehen?« Er war völlig überrascht. »Wieso regst du dich so auf?« sagte er. Es war nicht seine Stimme, aber er sprach. Die Stimme, die Worte, schienen von woanders herzukommen. »Reg dich doch nicht so auf«, sagte er. »Reg dich doch nicht auf!« Er zitterte, er fühlte sich miserabel. »Reg dich doch nicht auf!« wiederholte er und ging dann.

26

Es gab gute Tage und schlechte Tage, aber es gab auch Tage, die waren einfach fürchterlich. Manchmal hatte Marcus das Gefühl, er hätte einen Schlag auf den Kopf bekommen. Er vermißte Wendy. Er sah sie manchmal in der Schule bei den Proben für die Abschlußfeier. Sie sah ihn auch, aber nie sprachen sie miteinander. Das Wetter änderte sich. Über der Stadt lag ein Grauschleier. In ihm war auch alles grau. Nichts schien wichtig zu sein oder aufregend oder überhaupt des Tuns wert. Er schleppte sich so von Tag zu Tag, tat alles, was er vorhatte. Tatsächlich war er disziplinierter und schaffte mehr als jemals zuvor, aber es schien auch völlig egal zu sein, was er tat.

Als er eines Tages gerade beim Burger King vorbeiging, sah er Wendy und Alec zusammensitzen. Sie hatte ihren Kopf gesenkt, und er rieb ihren Hals. Marcus ging schnell vorbei, dann ging er zurück und schaute noch einmal hin. Sie waren es, Wendy und Alec zusammen. Sie schienen nicht einmal zu bemerken, daß er sie sah.

Er verspürte das Verlangen zuzuschlagen. Zu Hause schlug er gegen die Wand. Ein kleiner Spiegel, den seine Mutter auf dem Flurtischchen liegengelassen hatte, fiel herunter und zerbrach. Er sah hinunter, sah sein Gesicht im Spiegel, die eine Hälfte in einem Teil, die andere Hälfte im anderen. Genauso fühlte er sich: aufgesplittert, seine eine Hälfte wütend, die andere elend und traurig.

Ein paar Tage später, als Marcus in Nadias Supermarkt arbeitete, kam Bev Kruger herein. Es war ein heißer, stickiger Nachmittag, und die Plastikrouleaus waren heruntergezogen, um die Sonne abzuhalten.

»Oh, hallo!« Bev war überrascht, ihn zu sehen, aber nicht gerade angenehm. Er tippte ihren Einkauf ganz unbeteiligt in die Kasse, es waren hauptsächlich Süßigkeiten und ein Sechserpack Cola. Er trug eine Krawatte und eine grüne Jacke. Captain Nadia führte einen ordentlichen Laden. Er gab ihr den Kassenbon, und sie zahlte. Er machte eine Papiertüte auf und begann mit dem Einräumen. Sie hatten sich nichts zu sagen.

Schließlich sagte er doch etwas. »Wer ißt denn die ganzen Süßigkeiten?« fragte er.

»Ach«, Bev deutete ein Lächeln an. »Wir sind zu einem Picknick unterwegs. Es ist so heiß heute. Hier drin ist es gar nicht so schlimm.«

»Gute Klimaanlage.«

»Schlimm wird es wahrscheinlich, wenn man rausgeht.«

»Hm, ja, ich geh gar nicht so gerne raus«, stimmte er ihr zu. Er lächelte viel, versuchte sie zu beeindrucken. Er erinnerte sich auch an ihre Schwester im Krankenhaus und erkundigte sich nach ihr. »Das muß schon übel sein, die ganze Zeit so einen Verband tragen zu müssen.«

»Meine Schwester ist mittlerweile zu Hause.« Bev stand da und unterhielt sich mit ihm, nahm ihr Päckchen ein paarmal auf und setzte es dann wieder ab. *Siehst du mich, Wendy? Siehst du, wie ich mich mit Bev Kruger unterhalte?*

Bev zögerte wegzugehen. Wie lange konnte er sie hier halten? Er war nicht länger Marcus der Böse. Das hier war Marcus der ernsthaft Arbeitende, ehrlich, aufrichtig, interessiert, verständnisvoll ... *Wendy, siehst du, wie gut ich mich verhalten kann?* Bev hatte ihn schon immer angezogen, diese gesprengelte Frische. Nicht so wie Wendy, nicht spielerisch, nicht mit Scherzen – überhaupt nicht wie Wendy, aber irgendwie nett, sehr nett. *Es gibt viele andere nette Mädchen auf der Welt außer dir, Wendy Barrett.*

Ach, sei ehrlich, Marcus. Wendy war in seinem Kopf, wie immer war sie anderer Meinung.

Also gut, ich denke an dich, ich denke immer noch an dich. Aber ich will nicht, und ich muß nicht. Bev ist ein attraktives Mädchen.

»Es ist kaum zu glauben, daß wir in ein paar Tagen schon fertig sind«, sagte Bev gerade. »Ich hab das Gefühl, ich hätte jetzt erst in Sherwood angefangen.«

»Mir geht es auch so«, sagte er.

»Letztes Jahr war ich noch ein Kind und jetzt . . . Man ändert sich so schnell, manchmal ist es richtig zum Fürchten. Na ja . . .«, sie nahm ihre Einkäufe auf, »jetzt muß ich aber gehen.«

Er sah Bev in ihrem gelben Sommerkleid nach. Im Moment noch nicht, aber vielleicht bald. Sie konnte jemand sein, der ihm gefiele, wenn er Wendy aus seinem Kopf hatte. *Hörst du mich, Fräulein Barrett?*

Am Montag, nach seiner Prüfung, erhielt er einen Anruf. »Mr. Rosenbloom?«

Einen Moment lang dachte er, es sei Wendy, die sich mit ihm, wie schon oft, einen Spaß machte. »Der allereinzigste«, sagte er, plötzlich ganz froh. »Bist du das, Wendybird?«

»Hier ist Eileen Sabine vom Morning Standard, Mr. Rosenbloom. Ted Sweeny hat uns eine Story von Ihnen über den Valentinstag geschickt. Wir würden sie gerne in der Wochenendbeilage veröffentlichen. Würde es Ihnen etwas ausmachen, wenn wir sie jetzt kauften und sie bis zum nächsten Valentinstag zurückstellen? Ich weiß, es ist noch eine Weile bis dahin. Und wir können auch nur fünfundzwanzig Dollar zahlen. Wäre es Ihnen trotzdem recht?«

»O ja, es ist mir recht, vielen Dank.«

Er brauchte eine Weile, um diese Neuigkeit zu verdauen. Seine erste Zusage; seine erste veröffentlichte Story. Er war so lange am Boden gewesen, daß er es sich jetzt befehlen mußte, sich zu freuen. »Hey«, murmelte er.

»Du wirst ein Schriftsteller sein, von dem etwas veröffentlicht wurde. Hey!« *Hüpf nicht herum wie ein verrücktes Kind. Zeige etwas mehr Würde.* Er streckte seinen Kopf aus dem Fenster. »Hey!« Dann gewöhnte er sich langsam an den Gedanken und ließ es die Welt mit einem wahrhaftigen Rosenbloom Salut hören. »Heyyy!«

»Hallo, Wendy!«

»Hier ist die Tante.«

»Hier ist Marcus. Ich muß unbedingt mit Wendy sprechen.«

»Sie ist gerade nicht da, Marcus.«

»Wo ist sie? Ich muß sofort mit ihr sprechen.«

»Sie hat ihre Prüfungen in Amerikanischer Geschichte. Ich richte ihr aus, daß sie dich anrufen soll, wenn sie kommt.«

»Hallo, Wendy?« Er rief sie abends noch einmal an, sprach schnell, dringlich. »Ich muß dich sehen. Es ist wichtig.«

»Weswegen? Kannst du mir das nicht am Telefon sagen?«

»Nein, es ist zu wichtig. Ich will dabei sein.«

»Marcus, ich denke, wir haben alles gesagt. Es hat keinen Sinn –«

»Es ist nicht das. Etwas anderes. Es wird dir gefallen.«

Schließlich willigte sie ein, ihn am Rite Aid Drugstore in Westcott zu treffen. »Sei bitte pünktlich, um halb acht«, sagte Marcus.

»Ich werde es versuchen«, sagte sie. »Ich hab aber nicht viel Zeit. Ich hab morgen noch eine Prüfung.«

Punkt halb acht war er dort, aber es war fast acht, als sie schließlich kam. Er schob ihren Streit aus dem Gedächtnis und hatte das Gefühl, daß seine Neuigkeit – er hatte eine Story verkauft! – irgendwie alle Probleme beseitigen würde. Er hatte vor, es aufzubauen, wollte sie bitten, mit ihm irgendwohin zu gehen. Wenn sie dann saßen, würde er es ihr erzählen, Stückchen für Stückchen. Aber im gleichen Moment, als sie näher kam, mußte er es schon loswerden. »Der Verlag hat mich heute angerufen. Sie haben meine Story angenommen. Ich wollte, daß du es als Erste erfährst.« Er nahm ihre Hand.

»Das ist ja wundervoll, Marcus. Ist es die Story über den Valentinstag?« Sie machte sich frei. »Du wirst deine Geschichte abgedruckt sehen, deinen Namen herausgehoben.« Sie sagte die richtigen Dinge, aber ... Der Überschwang verließ ihn wieder.

»Es ist nur eine Zeitung, das Lokalblatt.« Was ist mit uns, wollte er sagen. »Willst du etwas essen?«

»Nein, ich muß wieder zurück.«

Er hatte zuviel gesagt, war zu begeistert gewesen. Wendy war freundlich, das war alles. »Ich hab dich mit Alec gesehen.« Er wollte gar nicht darüber nachdenken, sagte es nur, um sich noch mehr zu quälen.

»Wann war das?«

Sie konnte sich gar nicht erinnern, so häufig mußte das sein.

»Im Burger King.«

»Ach, da.«

Sie würde ihm nichts erzählen. »Seid ihr jetzt wieder Freunde?«

»Wir haben uns unterhalten.«

»Unterhalten!« Er spottete, einen Dreck machte es ihm aus. »Was sagst du denn zu der Sache mit Marcus, Alec? Hast du ihm vom Ring an deinem Finger erzählt?

Oder hast du ihm erzählt, daß du ihn durch meine Nase gezogen hast?«

»O Gott!« sagte sie nur.

Er sagte nichts mehr, sie liefen die letzten Straßen bis zu ihrem Haus schweigend. »Also«, sagte sie vor ihrem Haus, »ich freue mich wirklich für dich wegen deiner Story. Gute Nacht, Marcus.«

Liebe coole, ruhige und vernünftige Wendy Barrett,

ich weiß nicht, warum ich Dir schreibe. Ich weiß, daß nichts, was ich sage, Dich beeinflussen wird. Du warst wie Eis, als ich Dich gesehen habe. Was könnte Dich davon überzeugen, daß ich genauso wie immer bin? Meine Gefühle haben sich nicht geändert. Ich mag uns, es ist nicht nur Sex, aber Du willst es nicht glauben. Dein Urteil steht fest. Ich hab noch nie jemand getroffen, der so eigensinnig war.

Was wir gemacht haben, war gut und richtig. Aber wie kann ich denken, es sei ideal, wenn Du es gehaßt hast? Das hast Du mir nie erklärt. Und ich glaube, Du kannst es auch nicht.

Kennst Du diese weiblichen Spinnen, die die männlichen nur zu ihrer Befriedigung benutzen und sie dann verschlingen?

Liebe schwarze Witwenspinne, ich bin bereit, mich wieder in Deine klebrigen Netze zu begeben. Spinnen-Frau . . . Spinnen-Gesicht . . . O Wendy, Du Spinnen-Frau! Nimm Dein Gesicht fort und laß mich in Ruhe.

Dies ist ein verrückter Brief. Ich werde ihn in kleine Stückchen zerreißen, sie in einen Umschlag tun und unter Deine Tür schieben. Wenn Du ihn wieder zusammensetzt, wie ein Puzzle, Stück für Stück, dann weißt Du, was ich fühle.

Du hast gesagt, ich hab nur noch Sex im Kopf. Ich leugne es nicht. Wenn ich Dich sehe, begehre ich Dich. So war es auch damals. Ist das falsch? Vielleicht sollte ich nicht immer so fühlen, aber es ist falsch, wenn Du denkst, daß ich nur so fühle.

Du glaubst mir wahrscheinlich wieder nicht. Du denkst, ich übertreibe wieder. Rosenbloom, der Geschichtenerzähler. Wenn es eine Geschichte ist, dann muß es eine gute sein. Es sind Tränen in meinen Augen.

Wie kann ich Dich dazu bringen, mir zu glauben?

Wie kann ich Dir beweisen, daß es wahr ist, was ich sage. Ich habe uns gemocht!

Leb wohl, Wendy . . .

27

Die Schulabgänger standen, alphabetisch aufgereiht, mit ihren weißen Mützen und Talaren außerhalb der Aula. Marcus war etwas weiter hinten, Pfeff vor ihm. Er zog seinen Talar hoch und zeigte Marcus seine Kernkraft-Nein-Danke-Hose. Marcus drehte seine Mütze auf dem Finger und versuchte, Wendy herauszufinden, aber es war schwer, irgend jemand zu erkennen unter all diesen weißen Gestalten. Er sah Alec, aber auch nur, weil Alec sich umgedreht und gewinkt hatte.

Es ging eine Welle der Unruhe durch den Korridor, als die Türen der Aula geöffnet wurden. Marcus setzte sich die Mütze wieder auf, als die Schulkapelle einen langsamen, feierlichen Marsch anstimmte. In zwei langen Reihen gingen sie den Hauptgang der verdunkelten Aula hinab. Vor ihnen war die erleuchtete Bühne, um sie herum der Klang der Kapelle; auf der Bühne warteten der Rektor, die Lehrer und andere Ehrengäste auf sie. Im Saal wandten die Eltern, Verwandten und Freunde ihnen ihre Gesichter zu. Marcus sah sich um. Das war das letzte Mal, daß er diesen vertrauten Gang entlangging. Der Gedanke kam mit unerwarteter Macht. Er hatte der Gefühlsduselei um den Abschluß bis jetzt widerstanden: der Zeremonie, der Feierlichkeit. Aber jetzt, zum ersten Mal, fühlte er, was für ein wichtiger und entscheidender Moment es war.

Sie gingen zu den freigehaltenen Plätzen vorne in der Aula und setzten sich auf ein Zeichen gleichzeitig. Marcus wandte sein Gesicht der Bühne zu; er war froh, daß er hier war, und daß Sally mit ihm gekämpft hatte, als er von der Schule abgehen wollte, und daß sie es geschafft hatte. Und wieder sah er sich nach Wendy um, diesmal fand er sie. Sie sah nach vorne, er konnte nur ihr Profil sehen und ihr Haar, das sich um ihre Mütze kringelte. Ihre vertrauten, aber so entfernten Züge. Sie war so weit weg. Wieso dachte er immer noch an sie, wenn sie ihn überhaupt nicht beachtete?

Die Zeugnisverleihung war da. Namen wurden aufgerufen. Judith Aronson, Gordon Bruce. Marcus sah in den gefüllten Saal, Reihen von Gesichtern. Irgendwo da waren Sally und Bill und seine Großmutter. Vielleicht sein Vater? Marcus hatte ihm nicht geschrieben, und Sally würde ihm nie etwas mitteilen, aber trotzdem war der Gedanke da. Harmony. Kemper. Pfefferblitt. Schließlich sein Name. Er ging zur Bühne, nahm sein Zeugnis entgegen, erhielt einen schnellen, festen Händedruck von jeder dieser würdevollen Persönlichkeiten, schon war er wieder unten. Das war es dann gewesen.

Nach der Feier stand er mit seiner Mutter im hellen Sonnenlicht vor der Schule, und Bill fotografierte sie mit seiner Polaroid.

»Hallo alle zusammen.« Es war Wendy.

Sally umarmte sie. »Meine Glückwünsche!«

»Vielen Dank. Ihr seid alle zu der Party eingeladen, die Tante Ginny gibt.«

»Oh, wie schön. Und ich hab schon Gewissensbisse gehabt, weil ich keine Party für Marcus mache.«

»Meine Mutter kommt auch. Sie fliegt mit der Mittagsmaschine. Sie konnte nicht früher.«

»Dann würde ich um alles in der Welt nicht wegbleiben«, sagte Sally. »Bill, mach doch noch ein Bild von uns dreien. Komm, Marcus, du gehst in die Mitte.«

Es war gar nicht so einfach, so nahe neben Wendy zu stehen.

»Enger zusammen«, sagte Bill. »Marcus, du legst deine Arme um die Frauen.«

Er hielt seinen Arm so, daß er kaum ihre Schulter berührte. »Schuldigung«, murmelte er.

Von ihr kam keine Regung. Sie stand neben ihm, ganz cool und distanziert. Er war selbst schuld, wenn er immer noch solche Gefühle hatte. In dem Augenblick, als das Bild gemacht war, trat sie zur Seite, blieb aber da, bis das Foto entwickelt war. Etliche Male erwischte er sie, als sie ihn ansah, aber jedesmal, wenn er ihren Blick erwiderte, blickte sie weg. Er war überrascht, als sie fragte, ob er etwas früher kommen könnte, um bei den Vorbereitungen für die Party zu helfen. Zuerst meinte er, daß sie gar nicht mit ihm sprach, so gleichgültig redete sie, als ob alles, was er tat, sie gar nichts anginge. Gut, er konnte genauso cool sein wie sie.

»Klar«, sagte er. »Ich hab sonst nichts Besonderes

vor.« Aber seine Stimme verriet ihn. Er war nicht cool, konnte gar nicht cool sein in ihrer Nähe.

Schließlich war das Bild entwickelt. Marcus überragte Sally und Wendy um einen Kopf; die Troddel der Mütze hing genau über seiner Nase.

»Würdest du bitte die Gestelle vom Dachboden über der Garage holen?« bat Ginny Marcus später am Nachmittag. »Und wie fühlt man sich jetzt so, als Schulabgänger?«

»Gut«, sagte Marcus. »Vielleicht ein wenig seltsam.«

»Ich weiß, ich kann mich heute noch an meinen Schulabgang erinnern, ob du es glaubst oder nicht, ist das nicht auch seltsam? Wendy, kannst du Marcus mal helfen?«

Sie trugen die Gestelle hinaus ins Gras, dann gingen sie zurück, um die Bretter zu holen. »Gutes Wetter für eine Party«, sagte er.

»Fantastisch.«

»Soll ich die Bretter mal abspritzen?« rief er Ginny zu. »Sie sind furchtbar staubig.«

»Gute Idee, aber mach nicht sonst auch noch alles voll Wasser.«

»Keine Sorge«, meinte Marcus, »ich bin doch ein Schulabgänger.«

Wendy lächelte. Marcus spritzte die Bretter mit dem Schlauch ab, und Wendy wischte nach. Je mehr er sich entspannte, desto mehr war er sich gleichzeitig bewußt, wie formell sie miteinander umgingen. Normalerweise hätte er so getan, als ob er sie aus Versehen vollspritzte, und sie hätten sich um den Schlauch gerauft.

»Wie hat dir die Feier gefallen?« fragte er.

»Ganz gut, aber ich hab mich ein wenig draußen gefühlt. Ich mußte immer an meine Freunde in Buffalo denken, die auch mit der Schule fertig sind.«

»Das ist schade«, meinte er. »Hast du gesehen, was Pfeff unter seinem Abschlußtalar getragen hat?«

Sie schüttelte den Kopf.

»Seine Anti-AKW-Hose. Ich hab schon darauf gewartet, daß er sie zeigt, wenn er auf der Bühne ist.«

»Das hätte wenigstens alles ein wenig aufgelockert.«

Sie hängten Laternen und Lichter über die Pforte, hinüber zu den Schaukeln und zurück zur Ecke des Hauses. Marcus hielt die Leiter, während Wendy die Lampions aufhing.

»Ich nehme an, wir sind immer noch Freunde«, sagte er.

Wendy sah von der Leiter herunter. »Ich nehme es an.«

Und er konnte nicht anders als zu fragen: »So wie es jetzt war, das ist dann vorbei?«

Sie zögerte, hakte eine Laterne an den Draht und nickte dann. »Ja, das ist vorbei.«

Später, als er nach Hause gegangen war, um sich umzuziehen, wäre er fast nicht mehr zur Party zurückgegangen. Jedesmal, wenn er Wendy sah, begann er, wieder zu hoffen, und danach fühlte er sich dann wie jetzt. Sally wollte jedoch nichts davon hören. »Nein, Marcus; Grace möchte dich auch sehen. Und Bill und ich wollen hin. Was sollen wir feiern, wenn du nicht dort bist?«

Manche Leute auf der Party kannte er, andere überhaupt nicht. Doug hatte die Lautsprecher der Stereoanlage in die Fenster des Wohnzimmers gestellt, und es wurde auf dem Gras getanzt. Über die Gestelle und Bretter waren weiße Papierdecken gebreitet, und sie waren überladen mit kaltem Braten, verschiedenen Brotsorten, Gurken, Appetithappen, gebackenen Bohnen und einer Pfanne mit Tante Ginnys Spezial-Chilli.

Wendy brachte noch mehr Essen nach draußen. Sie war barfuß und trug ein langes Bauernkleid, ihr Haar hatte sie zusammengebunden. Sie balancierte ein Tablett von Gruppe zu Gruppe, lächelte, unterhielt sich mit jedem, bot ihnen zu essen an. Für jeden hatte sie ein Lächeln oder ein Wort, nur für ihn nicht. Dreh dich um, befahl er. Es war eine Botschaft von seinem Kopf zu ihrem, wie das Telepathiespiel, das sie einmal gespielt hatten – es schien Jahre zurückzuliegen –, als sie sich nur in die Augen schauen mußten, um alles zu wissen. *Dreh dich um, Wendy.* Wenn sie sich umdrehte und ihn ansah, wäre es der Beweis, daß sie immer noch auf gleicher Wellenlänge waren. Aber sie blieb ungerührt, oder wenn sie es gemerkt hatte, rührte sie sich jedenfalls nicht.

Er strollte mit seiner Pfeife in einer Hand und einem Pappbecher Bier in der anderen herum. Überall auf der Wiese waren Leute, Stühle, Papierteller und Tassen. Seine Mutter und Grace saßen auf der Veranda und unterhielten sich, Bill stand mit jemand anderem in der Nähe am Geländer.

Grace machte, wie immer, einen überwältigenden Eindruck, sie trug goldene Ohrringe und ihr blondes Haar war zu einem Knoten frisiert. Als er noch klein war, hatte er sie schon bewundert, hatte er gedacht, sie sei die schönste Frau auf der Welt, und er bewunderte sie noch immer.

»Marcus, mein Liebling! Ich hab dich ja so lange nicht mehr gesehen. Du bist groß geworden. Sally hat mich schon gewarnt. Jetzt sag mal, wie groß bist du denn?«

»Weit über zwei Meter.«

»Marcus!« Sie kniff ihn in die Wangen. »Wendy hat mir erzählt, daß du eine wundervolle Geschichte geschrieben hast, die auch veröffentlicht wird.«

Er lächelte, noch immer empfand er ihre Nähe als angenehm und war trotzdem ein bißchen verlegen.

Wendy trat zu ihnen. »Mag jemand was Süßes?«

»Ich mach mir nichts daraus«, sagte Grace.

»Nimm dir was, Marcus«, sagte Wendy.

Er hielt seinen Pappbecher hoch. »Bier und Süßigkeiten passen nicht zusammen.«

Sie gingen ein Stück zusammen. »Ich fühl mich verlassen«, sagte er, »und du?«

»Das ist die Schulabgangssentimentalität«, sagte sie.

»Etwas ist ganz endgültig vorbei und kommt nicht wieder.«

»Trennungsängste.«

»So was Ähnliches.« Er spürte die Leere ihrer Unterhaltung. So würde es von nun an immer sein, wenn sie sich trafen. Sie würden sich anlächeln und irgendwelche bedeutungslosen Dinge von sich geben. Er hatte gesagt, daß sie Freunde seien, hatte darauf bestanden, und sie hatte zugestimmt. Ja, sie waren Freunde, aber nicht so wie am Anfang oder danach. Vielleicht hatte Wendy recht: Die Sache mit dem Sex hatte sich zwischen sie gestellt, ihre Freundschaft vergiftet. Es gefiel ihm nicht, das zu denken, gefiel ihm überhaupt nicht. Aber hatte es noch irgendeine Bedeutung, was er mochte oder glaubte? Was immer sie zusammen gehabt hatten, Freundschaft oder Sex, freundschaftlichen Sex oder eine sexy Freundschaft, jetzt war es vorbei. Es war, als ob sich am Grunde des Meeres ein Spalt aufgetan hätte und alles, was warm, voll und lebendig gewesen war, verschluckt hätte.

Er war überrascht, Alec und Helen Wing zu sehen. Sie kamen spät. Alec umarmte Wendy, hob sie hoch und küßte sie auf den Mund, und sie hörte gar nicht mehr auf zu lächeln. »Ich freu mich ja so, daß du gekommen bist,

Alec.« Sie standen da und hatten die Arme umeinandergelegt.

Marcus sagte sich, daß es ihn nichts anginge, was zwischen Wendy und Alec war, aber er konnte diese heiße Glut in seiner Brust nicht ganz unter Kontrolle bringen.

Er unterhielt sich mit Helen Wing, die er aus Sweenys Klasse kannte, deutete auf Alec. »Wo hast du denn den aufgegabelt?«

Helen wurde rot. Sie war eines von diesen Mädchen, die ihre Gefühle nicht verbergen konnten. »Ich hab von deiner Geschichte gehört. Mr. Sweeny hat es uns erzählt.« Ihre Augen leuchteten. »Ich finde es einfach toll.«

»Erzähl ihm nicht so was«, sagte Alec. »Er bildet sich sowieso schon zu viel ein.« Er ließ Wendy frei. »Willst du und Marcus vielleicht später mit uns noch woanders hin? Wie schaut's aus, Marc?«

Marcus sah ihn ganz erstaunt an. »Nein, ich glaube nicht«, sagte er dann und ging weg.

Wieso war er überhaupt noch hier? Auf was wartete er denn? Gab es etwas noch Offensichtlicheres? Es war zu Ende. Es war vorbei. Wie oft sollte er sich das noch beweisen. Was immer auch gewesen war, es war jetzt vorbei.

Freunde? Er konnte nicht damit umgehen. Es war besser, sie zu vergessen, es jetzt zu beenden, zu gehen, bevor er noch einen Narren aus sich machte.

Aber als er sich nach Wendy umsah, überlegte er sich eine Abschiedsrede. *Wendy, du wirst nie ...* Er befahl sich, damit aufzuhören. Nichts, was er sagen würde, könnte etwas ändern.

Sie war vorne, in der Nähe der Hecke, unterhielt sich mit irgendwelchen Leuten. Er tippte ihr auf die Schulter. »Tschüß, Wendy.«

Sie drehte sich um. »Marcus, du gehst schon? Wann seh ich dich denn wieder?«

Was? Jetzt auch noch diese Heuchelei. »Ach komm, Wendy, hör doch auf. Weshalb sollten wir uns denn wiedersehen?« Sie wollte etwas sagen, aber er ließ sie nicht. »Dieses ganze Gerede über Freundschaft! Das meinst du doch gar nicht ernst.« Es war gut, ihr endlich doch zu sagen, was er fühlte. Er war lange genug um sie herumscharwenzelt.

»Jetzt bin ich wieder schuld«, sagte sie. »Du fängst wieder zu streiten an.«

»Hör mal, ich will nicht streiten. Ich bin nur gekommen, um auf Wiedersehen zu sagen. Wir wollten etwas zusammen tun, und wir haben es getan. Ich dachte, es wäre gut gewesen. Du nicht.« Er hob die Hände. »Also lassen wir's dabei.«

»Es hätte nicht so enden müssen«, sagte sie. »Am Anfang war es ja auch gut, aber du hast überhaupt nie nach meinen Gefühlen gefragt.«

»Gefühle!« rief er aus. »Was weißt du denn von Gefühlen? Du weißt nichts, du siehst nichts. Ich versuche dir die ganze Zeit etwas klarzumachen.« Er drehte sich um und ging davon.

»Na gut, dann sag es doch!« rief sie hinter ihm her. »Was denn? Was?«

Er drehte sich um und sah ihr genau in die Augen. Er hätte sie ohrfeigen können, sie war so stur. »Ich lieb dich, du verdammter Dickschädel!«

Er war selbst verblüfft über das, was er da gesagt hatte. Wo war das denn hergekommen? Er wartete auf ihr Gelächter, wollte selbst lachen.

»Weißt du, was du gerade gesagt hast?« fragte Wendy.

»Natürlich weiß ich das.«
»Willst du es noch einmal sagen?«
»Willst du es noch einmal hören?«
»Ja, das will ich, will ich wirklich.«
»Ich liebe dich, du Dickkopf.«

Sie liefen herum, und er sagte: »Liebst du mich so, wie ich dich liebe?«

»Was denkst du?«

»Ich weiß nicht, was ich denken soll.«

Sie legte ihre Arme um seinen Hals und drückte ganz fest. »Ja, du Dummkopf.«

Später sagte sie: »Wann hast du es gewußt?«

»Ich hab's ja nicht gewußt«, sagte er, »nicht, bis ich es gesagt hatte. Wann hast du es gewußt?«

»Oh, schon vor einer ganzen Weile, als wir auf dem Berg waren im Park und du mich mit Karen angeredet hast.«

»Warum hast du nichts gesagt?«

»Weshalb hätte ich sollen? Als du Karens Namen gesagt hast, hab ich mich betrogen gefühlt. Und dann konnte ich einfach nicht mehr anders.«

»Und ich habe mich betrogen gefühlt, als ich dich mit Alec gesehen habe!«

Sie gingen eine dunkle Straße mit kleinen Läden hinunter und hielten vor jeder Tür an und küßten sich.

»Wie mach ich mich?« fragte er.

»Besser und besser.«

Sie hielten vor einem Geschäft mit Spielzeug. Die Tür war mit gelbem Papier verklebt. Drinnen konnten sie die Modelleisenbahnen sehen und Autos und ein Puppenhaus mit vollkommenen kleinen Zimmern. Sie drückten sich im Eingang aneinander und küßten sich.

»Deine Augen sind ja offen«, hielt er ihr vor.

»Deine auch.«

»Meine waren bis gerade eben zu.«

Sie hielten sich an der Hand und gingen weiter. »Was ist mit Alec?« wollte er wissen.

»Was soll mit ihm sein? Alec ist ein netter Kerl. Er hat mich reden lassen, als es mir so schlecht ging.«

»Oh.« Das mußte er noch verdauen.

Als es dämmerte, gingen sie in ein kleines Speiselokal, kauften eine Morgenzeitung und setzten sich nebeneinander in eine Nische. Als die Kellnerin kam, bestellten sie Wurst, Eier und Bratkartoffeln.

»Ich will die Seite mit den Comics«, sagte Wendy.

»Ich lese die Comics immer zuerst.« Er gab ihr den politischen Teil.

»Marco, ich muß jeden Morgen als erstes die Comics lesen!«

»Pech für dich.« Aber dann gab er sie ihr doch.

»Ich werde den Wetterbericht lesen.«

Als die Kellnerin ihr Essen brachte, vertauschte sie versehentlich die Bestellungen. Wendy bekam die Würstchen und die Bratkartoffeln und Marcus die Eier. Sie warteten, bis die Kellnerin gegangen war, dann tauschten sie die Teller aus.

Sie waren beide hungrig. »Salz«, verlangte er, »Pfeffer.«

Wendy klaute ein Würstchen von seinem Teller. »Dieses Essen ist einfach ausgezeichnet.«

»Ich liebe dieses amerikanische Frühstück«, sagte er. »Reich mir mal das Ketchup.«

»Aber nicht so viel«, sagte Wendy. »Ich hasse Ketchup auf meinem Essen.«

»Du mußt immer genau das Gegenteil wollen, oder?«

»Gib mir mal die Kartoffeln. Ich könnte ja von dir das gleiche sagen.«

Sie aßen. Die Sonne stieg über den Dächern auf. Nach einer Weile gab ihm Wendy die Comics und er gab ihr den ersten Teil der Zeitung.

anrich **Ab 12 Jahren**

Harry Mazer

Lichter der Stadt

Harry Mazer
Lichter der Stadt
Aus dem Amerikanischen von
S.-Angelika Eisold-Viebig
168 S., geb. mit Schutzumschlag
Ab 12 Jahren

ISBN 3-89106-093-9

George liebt Julie. Aber Julie liebt George nicht mehr. Für George war seine Liebe zu Julie etwas für die Ewigkeit, etwas Selbstverständliches, und er will nicht wahrhaben, daß nun alles anders werden soll. In seiner Verzweiflung spielt er mit dem Computer seiner Schwester. Zufällig bekommt er auf dem Bildschirm Kontakt mit einem unbekannten Mädchen. Aber er gibt sich nicht zu erkennen. Bis zur ersten Begegnung mit seiner neuen Computerfreundin Rosemary glaubt sie, daß er ein Mädchen ist. Das bringt George in neue Schwierigkeiten.

Von Harry Mazer im anrich verlag:
Herzschlagen
Preis der Leseratten des ZDF
Das Mädchen seiner Träume

Cleos Insel
Der Dollarmann
Jeff Orloff. Regisseur und Babysitter
Marcus Rosenbloom und die Liebe
Wenn Kevin bleibt

anrich